鄭清文短篇小說選 3

青椒苗

鄭清文 著

目次

屋頂上的菜園

戰爭結束後不久，三哥從新幾內亞回來下埔仔。

三哥大我十歲，當時是虛歲二十四。

大哥曾經去舊莊學過木工，現在回來家鄉耕農，耕地並不大，只有七、八分地，是贌來的。三哥去過海外，算是見過世面，有意在耕田以外，另求出路。

他在戰地，當過日本軍醫的衛生兵，學到一點醫藥常識，回到家鄉以後，就替人看病、打針。很明顯的，他想做醫生。他購置一些簡單的醫療器材，也買了一些藥。有時，他也會把人家寄賣的藥包拿去使用。

那是一個冬天，下著細細冷雨，我回到鄉下，看到三哥穿著長統馬靴，在泥濘的田路上行走，正要去替人打針，看來有點威風，也有點滑稽。當時，一般而言，農民都是赤腳，尤其是下雨天。三哥穿的馬靴是借來的。四哥大我七歲，是個道地的農夫，看了三哥的樣子，說要打扮應該靠自己的能力。

另外的一次，三哥同意我跟他去替人打針。他告訴我，注射藥有三種，一種是普通的藥，是白色標籤，一種是劇藥，是紅色標籤，一種是毒藥，黑色標籤。

我聽了，大吃一驚，沒有想到，毒藥也可以注射，可以打進人體裡面。

他拿出兩個比手指頭還小的玻璃瓶，一個裝白色藥粉，一個裝蒸餾水，用銼石在凹頸上輕輕的鋸了幾下，從凹頸折斷，用注射筒把蒸餾水打進白色藥粉瓶，再把注射液抽出來。我一看，裝藥粉的小玻璃瓶上面貼的是黑色標籤。

三哥說，那種藥叫「六〇六」，是德國人和日本人共同開發出來的。他們一共做了六〇六次不同的實驗才成功，所以叫「六〇六」。

「是六〇六次喔！」

三哥一再強調，對那種堅毅不拔的研究精神表示萬分的欽佩。

六〇六是專治梅毒的特效藥。當時，我還不很清楚什麼是梅毒，只知道是性病的一種。當時，性病叫花柳病，有些醫生的招牌，還用大字標明是花柳科。

我知道有一種花柳病叫生檨仔，檨仔就是芒果。病人在胯邊（鼠蹊部）長出像芒果一般的腫瘤，走起路來很不自在。當時，我們小孩看到玩伴走路有點異樣，就會笑他是不是生檨仔了。

三哥很小心，用消毒棉一再拭擦注射針。他們說這種藥只能打進血管，不能碰到皮膚，否則會爛掉。

病人叫阿炎，也是個農夫，住在柯厝。柯厝裡面全是親戚，都姓柯。

阿霞是阿炎的妻子。她的臉圓而大，眉毛彎彎的，不粗也不細，卻很黑。她的眼睛很大，看來很誘人。她長得不高，是豐滿型的。她最大的特色是白皙的皮膚，好像是永遠曬不黑的樣子，在鄉下是很少有的。她用白皙的雙手端茶給三哥。

過了一些日子，有人發現阿霞懷孕了。

「那是不可能的。」

梅毒病人可以使女人懷孕嗎？有人問三哥。三哥說有可能，不過有時會生下殘缺的孩子。

但是，大家還是不相信。而且，後來阿霞生下來的孩子，卻是眉清眼秀，又健康又可愛。

在戶籍上，孩子姓柯，是阿炎的兒子。阿炎有後代，柯家也有後代了。

「那不是阿炎的種！」

大家懷疑阿炎的父親阿發叔。阿發叔平日愛喝酒，也愛玩女人。這一點，他們父子很像。阿發叔就曾經和外村的女人發生了關係，人家打到家裡來，還罰他在廟前演了一場戲謝罪。

「一定是阿發做的！」

親戚和鄰居都這樣說。

在三、四十年前，在過溪仔那邊曾經發生過一件很可怕的事。

過溪仔，雖然和三哥這邊的下埔仔，只隔著一條小溪，走路也不過是三、四十分鐘的路程，卻因為那邊靠近山區，比這邊更加偏僻，也更加封閉。

那邊有一個年輕人，叫游阿成，還不到二十五歲，就染上了癩痦（痲瘋）。當時，一般認為癩痦是會傳染的，必須隔離起來。阿成被強制送到專門收容癩痦病人的「樂生院」，終生不能回來。

阿成是獨生子，他一走，他們游家就沒有人來傳宗接代了。

不料，阿成離開後，他的妻子阿雪卻懷孕了，而且生了一個男孩。村民逼問她，她堅持是阿成的兒子。

「那是不可能的。」

阿成離家，已超過一年以上了，怎麼算也不可能是阿成的。村民叫阿雪跪在大眾爺公前面發誓。大眾爺是主掌賞罰的神，阿雪看到大眾爺，就全身發抖，終於承認孩子的父親是他的阿公。

「阿公爸。」

這個名詞，立即傳遍了過溪仔整個村子，以及附近的村莊，下埔仔的人也全都知道了。

最悲慘的事是，兩個大人無法忍受村民的恥笑和欺侮，一起上吊自殺了。之前，小孩也先被捏死了，游家也只剩下被關在癩瘑病院的病人了。實際上，游家是絕子絕孫了。

他們自殺之後，不到半年，相繼有三個村民上吊了，裡面還有一個未成年的少年家。許多人都說，看到了阿成的父親和阿雪，手拿著繩子，套成一個圓圈，在村子裡走來走去，尋找著每一個叫他們「阿公爸」的，笑他們的，罵他們的，向他們吐口水的，推過他們的，打過他們、踢過他們的人。

這引起了全村子的恐慌。他們看到了繩子都會害怕，不管是在地上，在牆上，或掛在樹上或屋梁上的。他們不敢碰各種繩子，不敢踩，甚至連看都不敢看。很多村民搬走了，村子也變得更加稀微了。

這種事，持續了二、三十年，一直到阿成在痲瘋院過世之後，才慢慢的被忘掉了。不過，現在，「阿公爸」兩個人自殺的屋子，已變成了鬼屋，還沒有人敢去動它，四周長滿著芒草和其他雜草。

阿公爸的事件雖然過去了，「阿公爸」這個名詞卻傳了下來。阿霞懷孕生子以後，大家又記起來了。

阿霞的孩子也是男的，很快的就有人指著阿發叔叫他「阿公爸」了。

不過，不到三個月，阿發叔在土地公崁摔死了。土地公廟在小溪邊的高崖上，前面有一條小路。有人說，是因為阿發叔喝醉了，失足掉了下去。但是，也有人臆測，說他是被人推了下去的。

那以後，有人說在沒有月亮的夜晚，曾經看見阿發叔站在土地公崁上，滿身是血。他好像在跳舞，也好像在摸索。有人說，他在尋找仇人。從此，晚上就很少人敢從土地公崁經過了。

「阿公爸」是死了，阿霞並沒有自殺。她決心耕田，一面照顧丈夫，一面撫養孩子長大。

阿炎在孩子五歲的時候死掉了。聽說是病毒傷害到腦，他差不多變成了癡呆，連下身都爛掉了。

阿霞他們有一些地，是阿發叔和他的兄弟共有，一起耕作的。阿發叔一死，阿炎又完全無法耕作，那些兄弟就想吞掉它。當時，會有人說阿發叔是被推下去的，一方面是他做了那種讓族人蒙羞的事，另一方面也和有人想吞沒他的田產有關吧。

他們打算給阿霞一點錢，叫她把土地讓出來，這樣也可以逼她離開下埔仔的柯厝。阿霞就是不肯，說她可以耕作，如果他們要用強的，她手裡拿著割稻子用的，有齒形的鋒利的小鐮刀，說要跟他們拚到底。

他們只好變更計畫，改用分產的方式，把一塊接近埔尾的狗屎地分給她。因為她分到的，同樣是七分多地，卻是離家最遠，也接近墓地，是多石頭的貧瘠的赤仁土地。

分產之後，親戚和鄰居，不但不幫助她，反而處處為難她。在缺水的時候，他們反而把水閘堵住，不讓水流入她的田。相反，水量太多時，他們反而把水閘打開，讓水淹沒她的稻子。田水是農人的命脈，農人時常為了田水而發生爭執，甚至發生械鬥，鬧出人命。

對阿霞而言，女人耕田最大的困難是像犁田這種粗重的工作。不但要駛牛，而且要拉抬犁或手耙這種笨重的農具。

親戚和鄰居好像聯合在一起，不幫助她。

三哥，有時會去幫助。那些親戚和鄰居也會來勸阻。但是，三哥說那是阿炎拜託他的。阿炎是他的病人，他一句話也不會提到阿霞。

在村民的心目中，和阿霞的事相比，阿炎玩女人，染重病，似乎是很平常的了。

除了種田，阿霞也留一部分的田種蔬菜。阿霞選擇種蔬菜，是因為種蔬菜雖然所花的手工和時間比種出多，卻可以省掉一些更粗重的工作。不過在當時，鄰近的一般農夫的做法正相反。他們怕人手不足，寧願選取粗重的工作，只利用冬天的農閒時間，種一點蔬菜。他們笑阿霞自不量力，也笑她那不種稻子的田。

阿霞的想法不同。她願意多用一點時間。後來才發現，種菜的收入有時還比稻子好，只要種對了種類。那些親戚和鄰居，竟也學著她，留下一些田不種稻子，而改種蔬菜了。

但是，他們對她的敵意並沒有減退。有一次，看她種的蔬菜長得特別好，竟有人在晚間，偷偷的放水淹她的菜園。

下埔仔這個地方，本來是個很單純的農村，而且保有一種善良的素質。他們種水果，或果菜，怕人偷竊，有時也會放蠱，在果園或菜園埋下一些尖利的竹片，有時還泡過尿，以增加毒性，防止外人闖入。

大哥曾經告訴過我，放蠱必須立蠱牌，明告他人。放蠱只是警告，不能存心傷人。但是，竟有人在阿霞經過的田路上悄悄放置鐵夾子。他們說最近有白鼻狸出現，偷吃水果。我曾經看過被鐵夾子夾過的白鼻狸，整隻腳都被夾斷了。

又有一次，阿霞的稻草堆失火了。稻草堆在稻埕的一角，那種地方，不可能有火種，一定是有人放火。如果有人放火燒屋，怎麼辦呢？阿霞很憂慮。

不久，阿炎的大伯家的草堆也失火了。大家都懷疑是阿霞為了報復而放火的。

「你們看，我像是放火燒草堆的人嗎？」

她是說，她自己的草堆都被燒掉了，她可能是放火的人嗎？還是說，如果她想放火，絕不會只燒草堆呢？

「要不要去大眾廟咒誓？」

阿霞好像已感受到有人想陷害她。

種田的人都拜土地公，大眾爺是主掌賞罰的神，是法官，一般人都不敢隨便去咒誓。阿霞去土地公廟，只是想祈求農事順利，家裡平安而已。

也有村民認為，不應該讓阿霞進去廟裡。土地公雖然只是小神，阿霞做了那種事，已超過了一般的通姦，是身體很髒的人，怎麼可以去汙瀆神明呢。

其實，有人看過阿霞去土地公廟，而且不止一次。他們故意說她去那裡，並不是去祈求什麼，而是去會見那個叫「阿公爸」的情人。

關於這件事，女人和男人的做法，是有不同的。

男人關心的是土地、收成、道德和神明。男人，罵人、打人，多半是明來的。他們強調道理，有時連傷人、殺人，也在道理的範圍內。女人是更陰狠的。

女人，不和妳說話。以前，一起做田，一起種菜，一起洗衣服，一起上山撿柴，或上街賣菜的，現在全部都變成陌路人了。

女人不會直接罵妳、打妳。但是，她們的眼睛、鼻梁、嘴角，充滿著責備和侮辱的表情，甚至連眉毛都有動作。

「那有這樣的查某人，好像七世人（輩子）沒有見過男人。」

她們不但說妳去土地公崁會情人，還繪影繪聲說，看到兩人在那裡交媾。

「不要以為人死了，就不會做那種事。要知道，人是那個地方最後爛的。」

有一次，她們看到稻埕上，有一隻公雞在追逐一隻小母雞，而後把牠壓在地上。小母雞是第二代，算是公雞的女兒。實際上，鄉下人養雞，公雞只留一兩隻，其他的都閹起來。那些母雞，不止是第二代，甚至有五、六代了。

「哈、哈、哈。大家來看阿公爸。」

她們指公雞是阿公爸，小母雞當然是阿霞了。

更難堪的是，還有幾個小孩蹲在那裡看，嘴裡還不停地學著叫：

「阿公爸，阿公爸。」

阿霞的外家（娘家）也聽到了阿霞的遭遇，但是他們認為女兒嫁出去了，外家不應該干涉太多。後來，他們又覺得情況比想像的更嚴重，也想來給她一點助力。

他們住得很遠，只能在農忙的時候，過來幫助一下。他們也是農人，耕種的事也不是什麼難事。不過，村民有時也會敵視他們。有一次，阿霞自己的弟弟，晚間出去巡田水，還和村民吵架，被打成重傷。

外家也勸她乾脆把田地賣掉，回去附近再買一塊，也可以繼續耕作。阿霞不肯，她說那是阿炎的田，她是阿炎的妻子。

一邊工作，一邊照顧孩子，是很辛苦的事。她更怕孩子會受到傷害。開始，阿炎還在，不過他是病人。她去田裡工作，就把孩子放在米籮裡挑出去，而後放在樹蔭下，或竹坍邊。她上街賣菜，也一樣。

她上街賣菜，有時也會碰到從村子裡出去的牛車，有時雖然是空車，他們也都不肯載她。

孩子的名字叫阿國，到了阿國上學的時候，更多的問題就接踵而至。

從下埔仔到學校，大約要四十分鐘的路程。有時，小孩邊走邊跑，也要三十分鐘。農村的小孩上學，都會相約，三五成群。阿國卻沒有人和他一起。他在路上碰到同村子裡的人，或外村的人，都會問他：「誰是你的老爸？」「是你的阿公嗎？」「揪揪揪，縮籃子挖魚鰍（提籃子翻泥鰍）。」

這種話，很快就傳到了學校，許多同學都這樣笑他。

同學不但笑他、罵他，還時常推他，甚至打他。有時一個、兩個、三個，有時一大群人。不但同學欺負他，有些老師也故意整他。老師問他問題，不會就罰他，有時叫他罰站，有時甚至把他趕出教室外。

阿霞只好把孩子寄託在外家了。她想人已嫁出去了，實在不願意再麻煩外家，但是孩子不能不上學。

新的學校，雖然離開家鄉很遠，消息還是很快的傳到了。雖然事態不像以前那麼嚴重，阿國還是很辛苦的讀完了小學，連初中也沒有考，一畢業就到台北去學日本料理了。

阿國做得很不錯。由小弟、助手而師傅，過了年，也自己開了一家日本料理店。不過，他是很少回家鄉的。有時，阿霞也會去台北看他。阿霞覺得，孩子是在心中，而不是在身邊。

實際上，變化最大的是阿霞本身，或者可以說是整個下埔仔。政府在一大片田地中央，開闢了一條三十公尺的大馬路。下埔仔的地價立即飛漲起來了。以前是用甲計算的田地，現在改用坪來計算了。而且一坪地的價錢，看來很有可能接近一甲地的地價了。

阿霞當時分到的地，是離家最遠，接近墓地；最貧瘠的赤仁土地。現在，大馬路就從她的土地的旁邊經過，阿炎的那些伯父、叔父及堂兄弟，都眼紅了。「阿公爸」的聲音，又再度響起來了。他們實在不願意想到，那些狗屎地，已變成了黃金地段。他們都怪起阿霞來，都是她不知見笑，死賴在下埔仔。

有人說要和她換地，有人說應該重新分配。這一次，阿霞並沒有拿小鐮刀，只是笑著說，誰要換，請他來見我。

土地老鼠、土地蟑螂都活躍起來了。有的要來買地，有的要來洽商合建。鄰近的土地開始出售了，有的整塊的賣，有的像割豬公（肉）條一樣，一點一點的割讓出去。房子也開始一幢一幢的蓋起來了。農村一下子就變成城市的模樣了。

阿炎的伯父、叔父和堂兄弟，也賣了不少土地。有的還到別的地方去買較便宜的土地，繼續耕田，但是大部分的農民都說，辛苦了一輩子，也應該享福一下。尤其是年輕一輩，沒有真正吃過苦的，很輕易的脫離農耕的工作了。

在開始，大家都急著享福，房子也蓋得粗糙，大部分是透天厝，或四樓公寓。他們以為，這樣子就可以把子女箍在一起了。他們買了電視、冰箱，也有人開始買汽車。到了政府開放出國以後，也有很多人出去旅遊了。

至於那些沒有蓋房子的土地，有的任其荒廢，長了茂密的野草，最多的是菅芒。當然，也有一部分的土地，有人繼續耕作。阿霞的土地，雖然有一部分被徵收，已變成大馬路的一部分，她還繼續種植稻子和蔬菜。但是，耕作比以前更加困難，因為水溝沒有疏通，容易阻塞，不能充分利用灌溉系統。

現在，有更多的人來和她接洽購地或合建的事，因為她的土地就在大馬路旁邊。也有人跑去台北，去和她的兒子阿國接頭。

現在，房子越蓋越多，外來的居民也增加了。相對的，以前的鄰居和親戚更稀少了。有的，也已不知搬到哪裡去了。對阿霞來說，村民對她的敵意，已稀淡不少了。

有一天，一家大建築公司來和她洽商，要在她的土地上建蓋一幢二十五層的綜合大樓，售地或合建，任她選擇。

「真的是這裡最高的房子？」

「不錯，幾年之間不大可能有更高的。」

阿霞特地跑去台北和兒子商量。兒子很贊成，說她年紀慢慢大了，耕田已不大可能了。

「我要分最上面的一層。」

「沒有問題。」

「我還要地面一層的四分之一，將來我兒子可以回來開日本料理店。」

建築公司的經理不讓步。他們說，希望有一個完整的一樓，可以做更好的規劃。

這一點，阿霞不同意。最後決定，留八分之一給她。

她要最上面的一層，是想在屋頂上做一個菜園，要他們負責替她把土壤運上去。她要肥沃的土壤，加一點貧瘠的赤仁土。

至於其他，可以分屋，也可以折合現金支付，只要合情合理就好了。

房子真的蓋起來了，比土地公崁更高，或許有半座山那麼高吧。

房子蓋好了之後，她的兒子只回來過一次。她告訴她的兒子，坐電梯的感覺真的像騰雲駕霧。她和她的兒子站在屋頂上，望著以前的村莊，已是完全不同的面貌了。

兒子也看到了以前上學走過的路，有些路段還在，有的已變成寬大的馬路的一部分，有的已蓋了房子，已完全消失掉了。他還記得很清楚，他走那條路上學的時候，那些小孩沿途欺負他。他還記得那些人的名字。

沿著那一條碎斷的路，可以一直看到學校。以前是深褐色木造的平房教室，因為學生大量增加，已改建成水泥的樓房了，牆壁也粉刷成乳白色了。

阿國在上面站了半個小時，而後向母親告別，回去台北。他會不會回來開日本料理店，阿霞也不敢預料。

阿霞在屋頂上，按季節種了不同的蔬菜。她不再像以前，挑到市場去賣了。鄰居們都說那是沒有汙染過的蔬菜，競相前來採購。阿霞曾經想過，她種了那麼多年的稻子和蔬菜，也沒有剩下多少錢。今天的這些財物，完全是上天所賜的。所以她在屋頂上種植的蔬菜，只送不賣，挑著一些比較熟悉的鄰居，輪流贈送，也因此結交了不少新的朋友，多是外地搬過來的。

在蔬菜以外，阿霞也會種一點花草，而花草所占的面積，也越來越大。她按照季節種菜，也按照季節種花。她很喜歡葉牡丹，看來像花，卻是葉子，而且那麼像高麗菜。

「我要種樹，我要種相思子樹。」

大家都知道，阿霞是在說笑。在屋頂上，怎麼能種樹呢？

不過大家都看得出來，阿霞已慢慢有笑容了。

其實，阿霞並不全是說笑。從屋頂上，已可以清清楚楚的看到，埔尾的整片相思樹林被挖掉了。還有，以前零星的散布在田路上的相思樹，也看不到影子了。當然，被挖掉的，還有不少的竹埒和竹圍。

花的種子，開始是由兒子阿國從台北寄回來給她。有時，她的小孫子阿坤也會帶一些回來。阿國有三個兒子，阿坤是最小的，剛考上大學。阿坤和阿媽最親近，他都是騎摩托車回來的。

有一天，阿坤從台北騎車回來，在離房子不遠的十字路口因為搶黃燈，和三哥相撞了。三哥已是七十三歲的老人，騎車很慢，應該說是阿坤撞到了他。

阿坤喜歡開快車，阿霞也曾經不止一次的指責過他，但是他還是闖了大禍。

我趕到醫院去看三哥。三哥直直的躺在病床上，滿臉都是血，太陽穴還凹了一個比雞蛋小一點的洞。他已完全不省人事了。經過十幾個小時，三哥斷氣了。

阿霞也去醫院看三哥。她還一直摸著三哥受傷的頭部。她的手還是很白，不過有點浮腫，上面已有許多皺紋和老人斑了。

三哥運回來，停屍在地板上。阿霞叫她的兒子阿國回來看三哥，因為他的兒子闖了大禍。說也奇怪，當阿國看到三哥時，從三哥的鼻孔流出了兩條鮮紅的血。血液比較濃，量也不多，不過我是看著從三哥的鼻孔以八字的形狀流出來的。三哥已死了二十四小時以上了，還會流血嗎？依照村民的說法，枉死的人，見到了親人鼻孔會流血。他們都說是因為見到了我。

接著，我也看到阿坤從屋前的巷口半跪半爬著進來，而後，跪在三哥的屍體前不停地叩頭。兩邊褲管的膝蓋部分都已磨破了，有人要去扶他，立即有人制止。

三哥的兒子們，也就是我的侄兒們，要求喪葬費兩百萬元，阿霞一口答應。她希望，事件能盡量在民事層次解決。

出殯那天，阿霞叫她的兒子阿國和孫子阿坤來參加祭拜，是以義子和義孫的身分參加。他們都穿了孝服。

三哥的遺像是拿五十年前的舊相片來放大的。據說，這是三哥的遺言，是三個月前決定的。難道他已有什麼預感？那張相片，是他在新幾內亞時所照的，穿著日本軍服，雙手托著軍刀。他頭上所戴的戰鬥帽，左右和後面垂掛著遮陽布，臨風輕擺，看來相當威風。這一張相片，我以前也看過，現在經過放大，看來更加傳神。我也看到了他腿上穿著的長統靴。它使我想起戰後初期，我跟他去為阿炎打針的事。而今天，他卻被阿炎的孫子撞死了。而那阿炎的孫子，真的是阿炎的孫子嗎？

就在休息的時候，三哥的一個小孫子，叫我尾叔公的，大概只有六、七歲，走到阿坤面前，直看著他。而後，回頭看看三哥的遺像。他指著阿坤說：「阿公，阿公。」

我是聽到了，轉頭看看阿坤。阿坤現在還不到二十歲，三哥那時也大概是那種年齡。我看，他們兩人似乎有一點相似，不過卻也說不出來哪一點特別像。

三哥死的時候，是七十三歲。一年後，阿霞死了，七十歲。

阿霞在屋頂上死去。那時，阿霞的大樓還是附近最高的。她一個人躺在菜園前的藤椅上。她死了三天之後，才由管理員發現。她的頭髮還是很密，不過已有很多白髮。她的眼睛微微張開，有幾隻蒼蠅停在她的臉上。這麼高的地方，還會有蒼蠅嗎？

屋頂上的菜和花草，都有一點枯萎了，花和葉子都垂了下來，是因為太陽太大，還是長時間沒有給水？

她的臉朝著西方。阿霞曾經說過，她最喜歡，在屋頂上看美麗的落日。西邊有一連的小山丘。自從在埔尾開闢了那條大馬路之後，那裡的墓已陸續遷走了，有一部分就遷移到西邊的那些山丘上。三哥的新墓，也在那裡。

阿霞曾經對她的小孫子阿坤說過，山丘的形狀是不變的。實際上，在半山腰已有人蓋了　座很大的納骨塔了。

阿霞又說，天空的顏色卻不停的變幻著。每天、每一個時刻，都不一樣。山丘的顏色，也不停地跟著變幻，變化最多的是黃昏，夕陽正要下山的時候。

阿霞是不是挑在夕陽西下山丘的時候斷了氣？恐怕不會有人知道了。

土石流

那天下午，林春發回到我們的村子來。

他離家已二十五年了。他回來，並沒有引起村民太大的注意，三十歲以下的人，幾乎都已不知道這個人了。有些人把消息傳了出去，有些人經過他們家門口的時候，也會轉頭多看一眼。並沒有人特地來看他。

我們的村子，雖然變化不大，二十五年卻也實在太久了。他的外表也的確有了一些變化。他的頭髮已白多於黑，也很散亂，臉色是深褐色，帶有一點黃，臉頰已陷了進去。他的身體細瘦，比以前矮小了一些。他穿著舊西裝，滿身是縐紋，看來又大又鬆。皮鞋也一樣，大了一點，半踩半拖，好像隨時會脫落下來。他沒有帶任何行李。

他是從哪裡回來？有人看到他忽然出現，從橋的那一端走過來，走進了我們的村子。

林春發走到春發嫂的雜貨店前，向裡面瞟了一眼，走過去。而後折回來，再瞟一眼。

我們年紀大一點的，有時還有人叫春發嫂。不過，她不喜歡。現在，大部分的人都叫她阿娥了。

林春發第三次走到阿娥的雜貨店前，停了下來。「瑞祥百貨店」，店名和以前相同，店面卻不大一樣了。以前是磚造的平房，現在改建過，已是鋼筋水泥的二層樓了。

林春發看到一隻小黃狗蹲在門前。小黃狗看到他，匆忙站起來，湊前聞聞他的褲管。他向後退了兩步。狗也往前再進兩步，繼續聞他。

「嘿。」

他揮手一下。

汪、汪。

小黃狗輕吠了兩聲。

他再退後，眼睛一直盯著小黃狗。

林春發在鄉下長大，以前並不怕狗。這也是二十五年來的變化？

狗又走過來，發出低哼的聲音。林春發突然舉腳踢了牠一下。

汪、汪、汪。

這次吠聲，帶有點哀叫，聲量卻提高了。

「阿黃，不要吠。」

月琴制止牠。

今天，是阿娥的女兒月琴在看店。月琴患過小兒麻痺，一隻腳裝著支架。

店裡面有兩、三個客人。月琴看店的時候，都由客人自己拿東西，再到門口來結帳。

「妳是……」

「你要買什麼？」

「妳是月琴？」

「你找誰？」

「我……」

「媽……」

月琴睜大著眼睛看著對方，好像已察覺到他是誰了。

「什麼事？」

阿娥從樓上急步下來。她看到了林春發，怔住了，表情也立即變了。

「你來做什麼？」

「……」

「媽，他是誰？」

「妳不認識的人。你來做什麼？」

阿娥把他打量一下。

「我，我回來了。」

他的聲音很低。

「回來了？回來做什麼？」

「……」

「你走開。我們要做生意。」

林春發又走開了。他走到橋頭，走出村子，而後又走回來，走到雜貨店門前，又折回去。路的另一端，是通往山地。

汪、汪、汪。

他每次經過，小黃狗總要迎出來吠他兩、三聲。

我們還記得，二十五年前，林春發和村外小鎮上的茶室服務生跑掉了。二十五年來，一直沒有消息。開始，阿娥也託人尋找，並且報了案，都沒有結果。

頭幾年，也有人說在中部的城市看到了他，也有人說他已死掉。實際上，沒有人知道他在什麼地方。當時，大家唯一知道的是，他還帶走了一筆錢。

天漸漸黑了。這一次，林春發站在阿娥的店前面，遠遠的站著，眼睛看著小黃狗，再也不走開了。

「媽。」

阿娥又從樓上跑下來。

「你過來。」

阿娥說，叫他到店後面的儲藏室。

這個儲藏室和改建以前相差不多。以前，我們村子風行養鬥雞的時候，林春發曾經在這裡養過鬥雞。有的是從國外偷偷引進來的，有的從泰國，有的從菲律賓。聽說，菲律賓的男人都不工作，整天專心養鬥雞。

林春發玩鬥雞很少贏過，不過賣給別人的就不同了。有人說，養雞的人不善打架，他的鬥雞也猛勇不起來。

林春發也曾經照鏡子，想把自己的表情弄得凶惡一點。他也用鏡子去培養鬥雞的鬥志。鬥雞用又粗又硬的喙，猛攻鏡子裡的對手，把鏡子也啄破了，還是贏不了。

阿娥在儲藏室裡面放了兩把長凳，上面放一塊舊門板，鋪上草蓆，再給他一條棉被。

「你不能去樓上，也不要進店裡。」

阿娥用合金的盆子，裝了飯菜給他。

「這怎麼吃？」

看來，的確像對待乞丐。

「不吃，就放著。」

林春發回來的消息，不久也傳開了。以前認識他的人都在猜測，這二十五年來他到底去了哪裡。也有人直接問他，他都笑而不答。不過，有一點可以確定的是，他是被趕出來的。

後來，有人打聽出來，二十五年前，他和茶室的服務生私奔以後，在南部開了一家冰果店。那女人還生了一個男孩。最近，他因為患了肝病，被他的兒子趕出來了。

他不想走，他怕阿娥不收他。不過，因為那個孩子，雖然只有二十出頭，卻長得又高又壯，他不敢賴下去。

自從他回來以後，從他的臉色就可以看出，他的確有病。他走路的時候，身軀佝僂，只有腳在動著，看來一點也沒有生氣。

林春發一回來，就開始到山上或溪邊採摘青草和樹根。這是他以前的習慣，整天躲在房間裡看藥書，或出去採藥草，從來就不管雜貨店裡的事。他教人種藥草，帶人採靈芝，勸人吃蒜頭。

我們都還記得，他到處向人家要嬰兒尿，說可以清血壯身，防止百病。

他也開藥單，不過很少人找他，大部分是開給家人吃的，有病治病，沒病養身體。他對家人，多少用強迫的，也不准家人找醫生看病。

他出去採藥，是為了自己，也為了月琴。

月琴患小兒麻痹已二十多年了。也就是林春發離家出走之後不久的事。當時，阿娥一邊看店，一邊找醫生，還是沒有治好她。

他自己採藥，也自己煮藥。他把煮好的藥，端到店裡面勸月琴吃，多少是強迫她。

「我不吃。」

「這種藥，可以增加抵抗力。」

「我不吃。」

「這種藥，可以補強體力，無敗害。」

「現在，已這個樣子了，還說什麼無敗害？」

月琴說，當著林春發面前，把藥倒掉。林春發的臉色立即變白了，手在發抖。

「你想打我嗎？」

「……」

「媽不是說，你不要進來店裡？」

在採藥之後，我們看到林春發出現在河床上。

我們的小村子，只有幾十戶人家，分布在馬路的兩邊。路的一邊是山，另外一邊是溪。阿娥的店在靠山的一邊。在下游兩、三百公尺的地方，有一座水泥橋，是村民進出的唯一一條路。

我們看到林春發扛著十字鎬，在河床上走來走去，有時停下來，這裡掘一下，那裡掘一下。河床上，是石頭多於泥沙。

林春發說，他在溪的下游看到有人在河床上種西瓜。他說那是公家的土地，不要租金。他向村民遊說，一起去開墾，卻沒有人聽他的。

「那是講古。」

「講古有什麼要緊？就算是打賭好了，十顆種子賭幾十顆西瓜。就是失敗，最多流一點汗。」

他向阿娥拿錢買種子。阿娥說路上多的是西瓜子，撿一下就好了。

他在河床上掘了半天，卻弄不到半坪的土地。他曬了不少太陽，也流了不少汗。阿娥說，這可能是他一輩子流汗最多的。

第二天，林春發又上山採青草。他說，曬太陽太久，流汗太多，必須弄一點青草茶來喝。有人看到他在樹底下打瞌睡。

林春發回來以後，十幾天，天忽然下了大雨。雨下到第三天，有人說那是他帶回來的。這一次，雨下得又粗又密，時間也很長。根據氣象局的報告，這是全台灣的大雨，雖然各地有差異，很多地方的雨量，已超過三百公釐了。

第一天，大家還沒有感覺到嚴重性。溪水漲了不少。下大雨，溪水漲是常事。以前，除了漲水，有時也會有一些落石或坍方，把路堵住。雨一停，就很快的清理掉。

在開始，還有人到溪裡抓魚。每次出水，就會有一些深山的魚，跟著大水下來。村民就會用網、竹籠，或魚坪去捕捉。

林春發也出去看大水。他自己是不捕魚的。他怕水。小時候，他在溪裡玩水，不小心滑到水潭裡，差一點溺死。有人說，學習游泳最好的辦法，就是讓他溺一次水，才會真正了解水性。那一次，幸好有人把他拉了上來。不過，他並沒有學會游泳，以後反而不敢接近水。

開始，溪水是由清轉濁。清可見底的溪水，漸漸加入一點灰色。淡灰色，很快的變成深灰色。溪流的聲音，也由輕脆，變成渾重，最後就急吼起來了。

雨越下越大，完全沒有停歇的跡象。溪水也不停的漲高，下游的橋，橋墩已有一半沒入水中了。

湍急的溪水，變成傾瀉。灰色的泥水，濺起灰色的浪花，往下急奔。樹枝在水中漂流，整棵樹連根被拔了起來，在水中翻轉。

隆、隆、隆。

到了晚間，整條溪在嘶叫，在怒吼。水的叫聲，從山回響過來，也由天回響過來。水在哭，山在哭，天也在哭。

電已停了，大地是一片的漆黑。

隆、隆、隆。

嘰、嘰、軋、軋、軋。

水怎麼發出那種聲音？好像是堅硬的東西在那裡推擠。那聲音，好像砂石車在傾倒砂石。傾倒的砂石，好像不是一車，而是百車、千車一起傾倒。不斷的傾倒。河在流，地在動。連房子都好像搖晃起來了。

「山崩下來了！」

「天塌下來了！」

整夜有人在嘶喊。雨聲、水聲、人聲。人聲立即被雨聲和水聲淹沒。

天漸漸亮了，眼睛勉強可以辨識一點東西了。

雨還在下著。從岸上一望過去，整條溪已變成一條生氣的巨大的怪物，在那裡扭動，在那裡翻滾。整條溪已變成了泥漿，泥漿攪拌著石頭流動著。

水滾滾的流瀉著，沿途把山坡地和河岸，一塊一塊的削下來，帶著泥土和岩石，往下沖，把水泥橋也沖斷了。現在，我們的村子已完全變成一個孤島了，想要逃，也只有往阿娥那邊屋後的山坡地了。

雨還在下著，溪水依舊洶湧下瀉。

「房子！房子！」

又有人叫喊起來。

大家一看，背著溪水的那一排房子，屋後的空地已裂開，塌下去，被水刮走了。空地一塊一塊的塌下去，塌進溪裡，和溪水融合在一起，往下沖下去。水是從下面挖的，好像是一隻巨大的怪手，不停地挖著。上面還留著地面，下面已挖空，水再沖擊一次，地又塌下一塊。

嘩。地發出聲音，塌了下去。而後，沒入洶湧的溪水裡。空地已越來越小，再過來就是房子了。

有一間房子，屋後已陷下，慢慢傾斜下來。以前，房子是用柱子從下支撐著，現在卻是用屋梁和柱子，掛住房子一般。

「搬、搬！快搬！」

溪水的聲音依然高漲，人必須高聲叫喊。

有人開始把東西搬到屋前，搬到馬路上。雨在下著。

「搬進來。搬進來。」

阿娥這邊的人說，要對面的人把東西搬進屋子裡。

過了一些時候，雨漸漸小了，溪水也慢慢消退了。大水過後的景象是很可怕的。村子裡的損失也很大。

山塌了，橋斷了，有三家房子，屋後被挖走了一角。另外，有的房子傾斜了，下面已被溪水挖空了一大塊，隨時都可以塌陷下去。

路的損害更大。有的，山坡塌了下來，把路埋住。有的，水把路基挖走，路也一併塌了下去。

本來是綠色的山坡，現在到處剝落，留下一塊一塊裸露的黃泥。山坡上種植的檳榔樹，也和泥土一起滑了下來，有的平臥、有的倒立。

溪的面貌也改變了。本來，溪底是近淺遠深，現在倒了過來，溪水改由這邊的路下和房子下流過。也就是說，原來有溪水流過的地方，已變成砂石地，溪水改由原來的砂石地流過。

在做大水的期間，林春發一直躲在儲藏室裡面，有時也會出來問問做大水的情形。不過，大水一退，他又來到溪邊。

他看到，以前打算開墾的河床地，已被大大小小的石頭埋住了。這些石頭是從哪裡來的？有的石頭，已大到要用噸來計算，恐怕連推土機也推不動了！

政府派人來視察，測量，估計災情，做出修復計畫。他們說，這一次大災害，和上游山坡地的亂墾有密切關係，尤其是水果和檳榔的種植最為嚴重。

在水災過後，阿娥的大兒子也帶著妻子和小孩，從中部的城市回來看母親和妹妹。他也見到林春發。

他沒有和林春發說話。不過，媳婦有帶小孩叫阿公。阿娥並沒有阻止。

林春發也想去抱小孩，小孩看他一下，走開了。

林春發也想再出去採藥，卻沒有動身。從下往山上看，到處可以看到鬆動的岩石，他怕山會突然塌下來。

這時候，林春發和月琴發生很大的衝突。

在林春發還沒有回來之前，有一個叫阿田的原住民的混血兒，時常來店裡買東西，買泡麵、飲料，有時也買香菸和米酒。他每次來店裡，都會和月琴談話，開始只有幾句，越來越長，甚至到半個鐘頭以上。

林春發回來以後，看他們在聊天，就躲在門窗後面看著。月琴把門窗砰的關上，他還是躲在後面聽著。

「為什麼？」

「我怕他亂來。」

「你以為每一個男人都像你那樣？」

阿娥從旁邊，直接指責他。

我們都知道林春發為什麼不喜歡阿田。在表面上，林春發說阿田皮膚黑，眼睛大，是賊仔目。阿田有點黑，沒有錯。不過，他長得細細瘦瘦的，卻很健壯。林春發說他眼睛大，賊仔目。他眼睛大，再配上濃卻不粗的眉毛，看起來眉目清秀，相當英俊的。

「你不要再來找月琴。」

有一次，林春發在路上攔住阿田的摩托車。

我們都知道，林春發不喜歡阿田的真正理由是，阿田有原住民的血統。在林春發心中，原住民是青番。

自此以後，阿田不再踏進雜貨店一步。有時，他騎摩托車從店門前經過，也會加速過去，連頭也不轉一下。每次，月琴看到，都會很傷心的流淚。不只是阿田，別人騎車經過，只要聽到引擎聲，她就會抬起頭來看看。後來，她連頭也不抬，只是低著頭坐在那裡，不再看馬路那邊。

開始，月琴不知道這是林春發所為。是後來，阿田的朋友來店裡，告訴她的。

「我不願意再看到你。」

月琴對林春發說。他似乎也不在乎，好像，他覺得已盡到做父親的責任。

災後修復工程，分頭進行著，最重要，也是最大的工程，是重建那座橋梁，以及寸斷的公路。岩石從山上滾落下來的，可以清理掉，路崩塌下去的，工程就更加艱難了。他們要挖山，要重新做駁坎，要鋪路。在橋梁還沒有造好之前，也要先搭一座便橋。

林春發又出去採藥了，不過，都去坡度比較緩和的地方，他不喜歡用瓦斯煮藥，說瓦斯煮藥，藥會變質，減少藥效。他也不用金屬鍋，自己弄了一個小烘爐，放在屋後的空地，撿來乾柴枯葉，再買一個陶壺，自己生火、搧火，煮起藥來。

他自己採藥，自己煮，自己吃。他經常說他很虛弱。他也煮藥給月琴吃，月琴總是當他面前，把藥倒掉，月琴倒掉藥，林春發再煮，月琴再倒掉。

「你為什麼要強迫她？」

阿娥告訴他，要不是他離家出走，缺乏人手照顧，月琴也不致如此。我們都知道，阿娥不是喜歡把責任推給別人的女人，她是不得已的。

這以後，林春發就不再強迫月琴吃藥了。

「這是第幾次了？」

不久，阿娥發現月琴將安眠藥放進林春發的藥壺裡。那一次，放了兩顆。兩顆會有效嗎？可能只是試探性質。

三天前是第二次，放了三、四顆。今天是第三次，放了七、八顆。這期間，是不是有阿娥沒有發現到的？

「……」

月琴沒有回答，只是低著頭。她增加藥量，是有意毒害他？

「妳不能這樣。」

阿娥握住月琴的手，她的手在發抖。

「那妳為什麼可以？」

「什麼？妳說什麼？」

「妳為什麼天天給他吃焢肉飯？」

焢肉飯是最容易弄的。阿娥煮了一小鍋的焢肉，要吃的時候，夾一、兩塊，再加一個滷蛋。那種香噴噴的味道，每一個人都喜歡，林春發也好像很滿足。

林春發說，他有高血壓，他採藥、煮藥，一部分是要醫治這種病。

或許，阿娥不知道天天吃焢肉對身體不好。實際上，我們村子裡就有許多人喜歡吃焢肉，很少人在意焢肉會危害到身體的健康。也不知道是誰開始的，在我們村子裡，煮焢肉還加上青茶葉，味道特別，還可以消除一些油膩。

月琴知道油膩的食物有害健康。她知道母親也知道。月琴的外公，也就是阿娥的父親，也是因為喜歡吃油膩的東西，中風死掉了。

為什麼母女兩個人有同樣的想法？阿娥是因為他和別的女人私奔，丟棄了家庭？月琴是因為他離家，致使她殘障，還是因為他趕走了阿田？

她們兩個，是誰先想到的？

吃焢肉飯，是很早就開始的。阿娥是不是一開始就想到焢肉飯會危害身體？用焢肉飯真的可以謀害一個人，恐怕也要三年，或五年。用安眠藥，只要藥量夠，一下子就可以得到效果。但是，月琴所用的量，足夠嗎？她是不是要增加到產生效果？

「媽，這件事讓我來做。」

「不行。」

「為什麼不行？」

「妳還年輕，日子還很長。」

「年輕，有什麼用？日子長有什麼用？」

殘廢的身體，連半個人都不能算。

「月琴，妳聽媽媽說，妳不能做那種事。我知道，妳是替我做的。我不准妳做下去。」

以後，月琴也不再放安眠藥了。不過，阿娥還是給林春發吃焢肉飯和滷蛋。林春發依然什麼話也不說，有時還自己加一點焢肉的湯。

「媽，他是真的喜歡嗎？」

「我想是的吧。」

工人在修復工程時，林春發有時也會去看他們工作。損害實在太大了，工程進行得很緩慢。舊橋不能修復，必須找別的地點，重建一座。

過了不久，氣象局又有報導，大雨又要來了。今年的天氣為什麼這麼反常。村民又開始緊張起來了。

晚飯的時候，突然停電了。對村民來說，停電並不是稀奇的事，幾乎每次颱風，都會發生。

嘩，嘩，嘩。

轟隆，轟隆，轟隆。

溪水又怒叫起來了，越來越兇猛。

這一次，對面街的村民早有準備，已把東西搬到前面，有的已搬到對面，阿娥這一排的房子裡面了。

大部分的人都點了蠟燭，也有人帶著手電筒。燈光在屋裡屋外晃動。

林春發將手電筒放在椅上，正在整理東西，主要是一些泡麵和罐頭，還有一個熱水瓶。

「你怎麼了？」

「我要去舊屋。」

舊屋在屋後的半山腰，稍微平坦的地方。那邊有一條舊路，以前他們就住在那上面，因為後來開闢新路，他們才搬下來開店。

「去那裡做什麼？」

那個舊房子，現在已沒有人居住，只放著一些舊家具，也儲存一些雜貨店要出售的貨品，有時阿娥也會上去打掃一下。

「大水快把房屋沖走了。」

「對面，至少還有一大半的房子，還有整條大馬路。你怕什麼？」

「水火無情。妳看看那種水勢，誰敢說不會把所有的房子都捲走。」

「你真神經。」

林春發沒有回答，繼續整理。

「你那手電筒，留下來，緊急的時候要用。」

「這，我自己買的。」

「你買的？到底什麼時候，你就想逃到上面去？」

「上次大水，實在太可怕了。」

「你把月琴也帶上去。」

「她，她怎麼上去？」

「你背他。」

「我不要。」

「我不要。」

林春發和月琴同時說。

「你不要，那你就不要上去。」

「是她不要。」

「月琴，妳聽媽媽講。」

林春發一手拿著手電筒，和打包好的物品，蹲下身，另外一手抱著月琴的大腿，連支架一起，往上提。他身體往前踉蹌了兩步，月琴在他背上，往下滑落到地上。

「抓好。」

林春發又蹲了下來。

「你背好。」

阿娥說。林春發再用手抱住月琴的臀部，往上提，看來相當吃力。

「妳拿這個。」

林春發，叫月琴拿好手電筒和打包好的物品，從屋後走出去。外面是一片漆黑和緊密的雨聲。手電筒在黑夜中搖搖晃晃射出一道光線，沿著山坡上的小徑，曲折上去。

村民還是大部分聚集在溪邊，觀看溪水的水位和流向，有的還拿著較大型的照明燈。

轟隆、轟隆、轟隆、轟隆。

水聲似乎有增無減。嘩、哐哐，嘩、哐哐哐。

「那是什麼聲音？」

在房子裡的人先注意到不同的聲音，聲音好像是來自不同的方向，因為雨聲和溪水聲交雜在一起，無法確定。

「山崩，山崩，山崩了！」

十一點多，巨大的聲音確實來自屋後的山坡。

大家都看不見，不過已感覺到整個大地搖撼起來了。

「山崩，山崩。」

砰、砰、砰。哐、哐、哐啷。

石頭像雨一般打下來，打到屋頂，也打到玻璃窗和塑膠板上。

在屋子裡的人跑出來了，在溪邊的人也跑過來了，有的手裡拿著手電筒和照明燈。

「小心，小心。」

「不要靠近，不要靠近。」

砰、哐啷。砰、砰、哐啷啷啷。

大家把手電筒和照明燈射向山坡，雖然看不清楚，卻依稀可以看到模糊的山影。

「那裡，那裡。」

阿娥也跑出來了，望著山坡往上爬。

「不要過去，不要過去。」

有人拉住阿娥。

「春發和月琴……春發和月琴在上面。」

本來，林春發以為上面比較安全，沒有想到大家正集中注意下面的溪流時，上面卻發生了山崩。因為是黑夜，又在下雨，大家雖然把手電筒和照明燈一齊照射過去，也只能看到模糊的影像。

轟隆隆，轟隆隆。

山坡和大地再度搖撼起來了。

「春發和月琴，春發和月琴在上面。」

阿娥還是不停的叫喊著。

雨還在下，水在流瀉著，有的像瀑布從上面瀉下來，有的像急流，四下流竄。有的流到馬路上，順著馬路流下去，也有的越過馬路，注入溪水裡。

「春發和月琴在上面。」阿娥一直想衝上去，有人抱住她。

大約過了三個鐘頭，山崩停止了。因為下雨地濕，雖然有零星的落石，也已緩和許多了。

嚓、嚓、嚓。水從上面流瀉下來的聲音，並沒有停下來。到處是水，不管踩在什麼地方，腳上全是水。

雨還在下。天才剛剛亮，山已濛濛可以看見。大家仰首一看，整片山坡，好像被削去了一大塊，滑落下來，露出黃泥土的表皮。看來，那些泥土還是鬆動的，隨時有掉落的可能。那一塊山坡上的樹木，已全部和泥石一起，滑落下來了。有竹子、有檳榔樹，也有不少雜木，全埋在泥石中，有的只剩下樹枝和樹葉，有的樹根倒立向上。

山坡上，已形成了好幾條水道，有的貼著山坡流下，有的像瀑布懸掛著。看來，水勢已減弱了，整座山的景色已完全改觀了，好像村民都已認不出來了。

雨還在下著，阿娥站在山坡上，雙眼望著舊屋的方向。雨水從頭上流下來，頭髮已完全垂直了，衣服也已全濕了，緊貼在身上。她還一直喊著春發和月琴，她的聲音也已沙啞了。

大家已可以看到她的舊房子，上面覆蓋著一大堆泥土和岩石，還雜著樹枝和竹子。屋後的部分，已全部埋在泥石中，看來，房子已被壓歪了。

「怎麼辦？怎麼辦？」

阿娥掙脫拉住她的手，走到舊屋前。

「春發和月琴還在裡面。」

不久，村民帶來了工具，開始挖掘。但是，那麼多的泥土，還有巨大的岩石，工作進行得很緩慢。

工作的時候，大家還是很害怕。山已被削掉了一半，像峭壁，土質很鬆，隨時會崩塌下來。

「春發和月琴……」

阿娥不停地念著兩個人的名字。

有個鄰居說，昨天晚上，山崩發生的時候，曾經看到有人拿著手電筒，從阿娥的舊房子衝了出來，大概走了一、二十步，又折回去。

「那是春發，一定是春發。」

阿娥喃喃說。

雨完全停了，山崩和落石也停歇了。在幾個小時以後，有人開來了怪手，才從舊屋裡挖出林春發和月琴的屍體。兩人的屍體被土石壓住，不過還算完好。兩具屍體是疊在一起的，林春發在下面，月琴趴在上面，雙手緊緊的抱住他。看來，林春發已背好了月琴，他手裡還握著已被壓壞的手電筒。

貓藥

今天，阿旺起來特別早。

父親坐在大廳的椅條上，一腳垂下，一腳踩著椅條，一雙棕木屐，像沒有寫好的八字，放在地上。

地是泥土地，地面有點不平，泥地的顏色和稻埕的不同。稻埕是淺褐色，屋裡的卻是黑色。其實，裡面的泥土和外面的是一樣，只是踩踏久了，蓋上一層黑土皮。

父親今天不出門？父親喜歡早起，在吃飯前先到田裡走一趟，有稻子看稻子，種了菜就看菜。

阿旺走出去稻埕。天氣很好，天上幾乎看不到雲，是青藍色一片。不過有點冷。

稻埕角落的竹叢，靜靜的，竹梢微微彎垂。沒有一點風。偶爾有竹葉落下來，輕輕的飄，有的還會旋轉而下，在地上鋪了薄薄的一層，已枯黃了。

稻埕上有好幾隻雞在走動覓食。吃小蟲，或掉落的穀子。那隻黑色大母雞也在裡面。總共有一、二十隻吧，有的是成雞，有的半大。牠們都是那一隻黑母雞所生的。牠們靠近母雞時，或母雞走過去，啄牠們一下，牠們就張開翅膀，咯咯的跑開。連比牠大的公雞都怕牠。

那一隻黑母雞很會生蛋。有時，一連生了二十多天，從不間斷。阿公說牠是寶物。

阿公生病，有時也吃蛋。平時，蛋是先煎好，再放到菜湯裡一起煮，而後整個撈起來。有時也生吃。阿公在蛋的兩端，用小鐵釘或鑽子，各戳破一個小洞，從一邊吸吃。聽說，這是阿公去北部的礦區挖礦時，日本人教他的。他們說，蛋生吃最有營養。有時阿公吃蛋，也會分一半給他。生吃的時候，阿公先吸，留下一半。有時他先吸，用力過多，把整個蛋吸光了。那時，阿公總是笑著，摸著他的頭殼說，無要緊、無要緊。

阿旺走到牛舍看阿公。他看到家裡的黑狗庫洛就蹲在牛舍前，看到他，站起來迎他，一邊搖著尾巴，一邊伸長鼻子低哼著。

牛舍分成兩半，一半住著牛，另一半住阿公。牛舍是土塊牆，屋頂蓋著稻草，牆和屋頂都沒有窗。牆邊、牆角和牆上，放置著各種農具，犁、鋤頭、鐵耙子、畚箕，也有機器桶（打穀機）。

牛在吃草，慢慢的嚼著。在冬天，吃乾草較多，有時阿旺也會出去割一些青草回來給牠吃。

阿公躺在床上。床是竹床，上面鋪著稻草，再披上草蓆。牆角吊著蚊帳，冬天蚊子少，沒有放下來。

阿公生病了，大人說是肺病。以前，阿公到北部掘礦，老了以後才回來幫助做輕一點的農事，主要是看牛。阿公在掘礦的時候，灰塵跑進肺裡，日子一久，肺已變成石頭。因為肺病，他已吐了幾次血了。

阿公閉著眼睛，看來很累的樣子。以前，阿旺陪著阿公看牛，阿公也會講故事給他聽。他最喜歡聽鬼故事。阿公問他怕不怕。他說不怕，阿公就呵呵的笑了起來。阿公說，鄉下沒有電燈，鄉下人一半以上的時間是在黑夜中，是不能怕鬼的。

不過，阿公很容易累，講的故事也越來越少，也越來越短了。有時，講了一半就自己睡著了。阿公好像什麼地方都可以睡。有時靠在土地公廟的牆上，有時靠著墓碑睡。

今天，阿公好像更累了。他的眼睛閉著，嘴角微微張開。他的頭髮剪得很短。四叔也剪得很短，不過四叔說，在戰時，剪短頭髮既省錢也方便。阿公的頭髮還是很密，差不多都白了。他的鬍子也全白了，有點像土地公。不過，沒有那麼長。

阿旺看到阿公的嘴角有血跡，鬍子上也有，都已乾了，發出一種味道。和稻子的味道不同，和草的味道不同，和牛糞的味道也不同。阿公就睡在牛舍，牛就住在旁邊，整個房子充滿著牛的味道，牛尿和牛糞的味道。阿公的味道怪怪的，和別的味道都不同。

阿公睜開眼睛，瞄了他一眼，嘴角動了一下，好像要說話，卻咳了起來。阿旺走近阿公，在他背部輕拍幾下。

呼——

是飛機的聲音。是米（美）國飛機？還是日本飛機？

海口那邊有機場，米國的飛機有時會來轟炸，或掃射。有時，從家裡也可以聽到轟炸和掃射的聲音。

阿旺再給阿公拍了兩下，看阿公的咳嗽停止，就跑到稻埕。以前，阿公告訴他，看人吃肉，不要看人相打，說米國飛機來，很危險，不要出去看。現在，阿公也一定這樣想。不過，他很喜歡看飛機，他很希望能看到空戰。四叔看過，他卻沒有。

天是晴朗的，有陽光照射下來。只是陽光照不到的地方，像竹叢下，還是有些陰冷。

四叔也已跑出來了，在稻埕邊，用手遮住額頭，抬頭看著天空。今天，四叔沒有去做公工，也就是替日本軍做工事。他的另外一隻手還拿著戰鬥帽，一定是父親叫他取下來的。不久以前，有人在田裡工作，戴著戰鬥帽，米國飛機誤以為是軍人，俯衝掃射，差一點把他打死。聽說，那一個人，被嚇到了，坐在田裡一直發抖，有兩、三個鐘頭之久。有人撿到了彈殼，還有人挖出子彈，有大人手指那麼長的子彈。

「飛行機！飛行機！」

四叔喊著。

阿旺也看到了。在青藍的天空上，一個暗一點的影子，迅速的劃過，有時在陽光下閃出銀光。

「雙胴的，Ｐ３８。敵機！敵機！」

四叔喊著。

「為什麼沒有鳴水螺（警報）？」

也沒有高射砲的射擊，也沒有掃射和轟炸。

「一定又漏掉了。」

米國的飛機從海上飛進來，時間太短，來不及放警報，四叔解釋。

嗚——嗚——嗚……

平常，發警報，是先發一長聲，叫警戒警報，敵機再接近，才發出連續十短聲的空襲警報。

今天，可能來不及，飛機已來到頭上，才匆忙的發出了空襲警報。

飛機很快的飛過去，竹梢還是靜靜的彎著。

咯、咯、咯——

一隻大公雞突然啼叫起來了。那一隻大公雞也是黑母雞生的，全身黑色，摻有一些黃金色。依照阿旺家的習慣，孵出來的小雞，公的都要閹，只留下一隻或兩隻做種。

咯、咯、咯——

忽然，那隻母雞也跟著啼叫起來了。母雞每次生蛋，會從雞窩跑出來，嘎嘎嘎的叫一陣，好像在報功，告訴家人牠已生了蛋，要家人給牠一把米或穀子。在戰時，物資缺乏，人都吃番薯籤了，只有在農村，自己種稻子，雞生蛋，才可以給一點穀子。

但是，這一次母雞的叫法完全不同。牠和公雞一樣，咯、咯、咯——的啼起來了。

「大兄（大哥），大兄，趕緊出來看。」

「什麼事？」

「那隻母雞啼起來了。」

父親的臉孔立即變形了。眉毛豎立，眼睛睜大。阿旺沒有看過這種表情。

「殺掉！」

「牠很會生蛋。」

不錯，牠很會生蛋，家裡養過那麼多母雞，沒有一隻像牠幾乎天天生蛋。有的蛋拿來吃，有的用來孵小雞。在母雞孵蛋的時候，孵了幾天，可以用煤油燈照看蛋裡面是否有黑點，有黑點的叫有形，無形的要趕快吃，再孵下去就會臭掉。現在，在稻埕走動覓食的，全是牠生下來的。

「殺掉！」

「公雞先啼，牠是學公雞啼的。公雞是被水螺嚇到了。」

「妖雞，殺掉！」

父親說，轉頭回去大廳。四叔跟了進去。父親說，母雞啼，是異象，是很不吉利的事。這一定和阿公的病有關。

四叔拿了一個長柄，圓鐵箍的大網子，也就是雞販子到鄉下收購雞鴨，用來捕捉雞鴨，四叔是用來捕魚的網子，走到稻埕，一下就網住黑母雞，交給二嬸。

二叔現在在菲律賓，是被日本人徵召去的。三叔一樣，是在新幾內亞。三叔和四叔都還沒娶妻。二嬸有一個女兒，很小，是和大家住在一起。

阿旺跟在二嬸後面，想看二嬸殺雞。他剛走出籬門，就看到下厝的阿富叔騎著腳踏車進來。阿富叔帶來了一包紅毛土紙（牛皮紙）包，一定又是給阿公吃的藥了。這一次，比較大包，阿旺跟著阿富叔走回來。

「阿寶兄，真的，應該試看看。」

父親坐在椅條上，沒有回答，眉頭還是緊鎖著。是不是還在想母雞的事？

「這帖藥，已經有很多人試過了，效果都很好。」

自從阿公生病以來，不知有多少人報過藥，家人也不知出去問過多少次神了。不但附近的神，王公、上帝公都問過了，求過了，還要坐火車，到路程一個小時以上的地方，祈求許願。

醫藥方面就更多了。西醫和漢醫都找過，吃最多的是草藥，不是祖傳祕方，就是問神或託夢開出來的藥單。

有人報雞蛋，卻是很特別的吃法。把雞蛋連殼烤焦，像木炭，而後研成粉末。有人報老公雞，雞腳距要一寸以上的。有人報鯉魚。鯉魚先炸好，而後用整棵蔥，連根，一起燉，再加一點冰糖。冰糖很不容易取得，要到街上向雜貨店偷偷的撥一點。阿旺也吃過鯉魚燉蔥，魚肉和蔥都很好吃。

「阿寶兄，真的，你聽我講。一定有效，一定無敗害。」

「我會。」

父親把藥接過來，放在飯桌上。

「哪裡去找貓？」

「你家裡沒有養貓？」

「只有一隻黑貓。」

「黑貓最補，最好。」

「呃。」

父親呃了一聲，叫四叔去抓貓。

貓呢？貓跑到哪裡去了？四叔好像在問阿旺。阿旺知道，卻沒有說。

貓就在穀倉上。阿旺家有一隻黑狗庫洛，也有一隻黑貓。為了爭食物，牠們時常打架。有一次，黑狗走近黑貓的食物，黑貓突然喵了一聲，伸出前腳去抓庫洛。庫洛急速倒退兩步，然後猛咬回去。貓又喵了一聲，跳到穀倉上。以後，貓就時常蹲在穀倉上，吃東西的時候才會下來。

穀倉在側棟，只有四尺多見方，五尺多高，是磚造的，前面是抽插木板的閘門。上面鋪著木板，是蓋子。黑貓就蹲在上面木板上，四叔手拿著剛才捉雞的網子。他很小心，把所有的門窗都關住。

牠是一隻黑貓，肚子卻是白的。有人說，黑貓白肚，值銀二千五。

四叔把門窗關住，屋裡光線轉暗，貓的眼睛突然閃出了黃綠色的光芒，像兩盞燈。

這一隻貓很會捉老鼠。牠只要喵一下，直直看著老鼠，老鼠就跑不動了。牠還捉過麻雀，甚至斑鴿。有一次，牠還咬死了鄰居養的兔子，差一點被打死。

四叔握著網子走近貓，貓望著四叔喵喵的叫著。

貓在上面，似乎不好使用網子。四叔用網柄去戳牠。平時，貓看到四叔也不會怎樣。今天卻喵喵的叫著，有時還弓起腰部。看來，牠很害怕，也想威嚇四叔。貓的眼睛閃著光，牙齒暴露，連鬍子都拉直了。這些，都和往日不同。

貓動了一下。四叔緊握著網柄，往貓頭上罩下去，沒有罩住。貓跳下來，在屋子裡轉了一圈，看沒有門出去，又跳上穀倉，望著四叔喵喵叫著。四叔握好網子，虛揮一下，看貓又跳下來，在空中用網子網住貓，很快的按在地上。貓喵喵的叫著，在網子裡亂動。四叔用手抓住貓的脖子，找了一個粿袋（麵粉袋），把貓裝了進去，在袋口打了一個結。

這時，阿旺才發現，四叔的手臂已被抓破了幾條爪痕，有的還在淌血。實在太快了，阿旺根本就沒有看清楚，貓在什麼時候，怎樣抓破了四叔的手臂。另外，還滿地掉著竹笠、畚箕、竹籮，穀子也撒了一地。

四叔提了粿袋到大廳，父親叫他放在門邊。這時，黑狗庫洛也來了，伸出鼻子，一邊聞，一邊低哼著。貓在粿袋裡面，扭動著。牠還是喵喵的叫著，只是沒有剛才那麼有力。

「誰做藥？」

四叔問。

真的要殺貓嗎？阿旺心裡想著。他曾經聽大人說過，一隻貓有九條命。死貓吊樹頭，死狗放水流。狗死了，就像被水流走了，什麼都不會留下。貓卻不同。阿旺就看過，有人把死貓吊在樹頭，任牠腐爛，還生蛆。貓是會索命的。阿旺聽說過貓鬼，卻沒有聽說過狗鬼。

誰敢殺貓？

「去叫阿肥回來。」

阿肥就是阿肥姑。她的確比別人胖了一點。她是阿公和阿媽的養女，本來是要對給父親的。阿肥姑自小就很調皮，她是村子裡，唯一自小就會游泳的女孩子。她也喜歡爬樹，有一次從樹上掉下來，撞斷了一顆門牙，留下一個洞。父親不要她，所以她就嫁出去了，嫁到頂厝那邊。

父親不要她，另外有原因。表面上是，有牙縫會落財，無法存錢。不過，父親真正不喜歡她的原因，是因為她缺了一顆門牙實在太不好看了。另外是因為阿肥姑膽子大，怕她不聽話。這是不是真的，阿旺不很清楚。不過，他相信，有人說父親如果娶了阿肥姑，就不可能有他阿旺了。現在，阿肥姑已補了金牙。

阿肥姑提了放在門邊的粿袋，放進竹籃子裡，把蓋子蓋上，提著去後壁溝。阿旺和黑狗庫洛跟在後面。這時，二嬸也已殺好了黑母雞，從後壁溝那邊回來。

阿肥姑走到後壁溝邊，撩起裙子，蹲下來。溝邊放著好幾塊大石頭，上面是磨平的，呈黃褐色，側面長有一些青苔，是搓洗衣服用的。

阿肥姑，嘴裡不停念著。大人在殺雞鴨的時候，就先要念：做雞做鴨無了時，趕緊出生大厝人子兒。阿肥姑一邊念，一邊把竹籃子沉入水中。

貓在裡面騷動了一下。氣泡從籃子旁邊和蓋子的縫冒了出來。只一下子，氣泡沒有了，裡面也沒有什麼動靜了。

這時候，阿旺看到阿英從田那邊，挑了一個擔子回來。後壁溝上，是鋪著棺材板做橋的。阿英就住在阿旺家籬門對面的竹圍裡。今年，他們種了一些捲心白菜，收成不錯。她是要挑回家去摘選的，等下午街上的菜販來收購。

「阿肥，妳在做什麼？」

阿英過了橋，放下擔子問。

「做藥。」

「什麼藥？」

「老阿公吃的藥。」

「呃。」

「別人不願做的，都叫我做。」

阿英也沒有再問下去，又挑起擔子，從阿旺他們出來的小路進去。

阿肥姑打開籃蓋，取出粿袋，把貓倒了出來。貓已死了，眼睛半開著，四腳硬直。

黑狗庫洛靠近過來，阿肥姑用力把牠推開。

嗶——嗶——

阿肥姑轉頭一看，很快把貓又放進粿袋裡，再放進籃子裡，把蓋子蓋好。這一次，她並沒有再把籃子沉入水溝裡。

嗶——嗶——

卡達、卡達、卡達。

是阿欽叔，騎著腳踏車過來。

「閹豬！閹雞！」

阿旺看過閹豬和閹雞。

阿欽叔把雞桃仔（半大的雞）按在地上，在腹部拔下一些毛，用小刀割開一個小洞，用兩塊銅片把傷口撐開，伸進尖端有個小圈圈的細線套子，把兩個小豆子鉤出來，再把雞放走。至於小豬，還要在傷口抹上黑煙灰，傷口才不會爛掉。

「阿肥，妳在洗衫了？」

「呃。」

「我有碰到阿雲喔。」

阿雲姑是父親的親妹妹。

「在哪裡碰到？」

「在王公廟那裡。」

「呃。」

「你們有豬、有雞，有可閹否？」

「現在沒有呀，下一次了。」

「呃。」

嗶——嗶——

卡達、卡達、卡達。

阿欽騎著腳踏車繼續踩向下厝。

因為是戰時，物資缺乏，沒有橡膠，沒有內外胎，輪胎是單層橡膠條，叫諾胖克，也就是不會爆胎的意思，騎起來，碰到石頭就發出卡達、卡達的聲音，跳盪得很厲害。

阿肥姑再把貓倒出來，很快的把毛搓掉。先是黑色，而後是肚子的白毛，一撮一撮，在水中散開，慢慢沉入水中。水有點混濁，毛一下就看不見了。

去掉毛之後，肉是白的。阿旺看過有人殺兔子，兔子拔了毛之後也一樣。老鼠也一樣。

阿肥姑再把貓頭和貓尾剁掉。在剁貓頭的時候，貓嘴張開一下，好像在叫。貓的眼睛也好像睜開一下，瞪著阿肥姑和他。不過，貓頭在水裡轉了一下，很快的沉下去。阿肥姑把四腳也剁掉，丟進水裡，而後把肚子剖開，掏出內臟。附近的水已染成紅色了。頭腳都沉下去了，內臟卻浮在水面，順水漂流下去。阿肥姑把貓肉剁成幾塊，放進籃子裡，蓋好蓋子，連籃子再用水洗滌一次，把粿袋也一起洗好。

阿肥姑正要站起來，黑狗又走近她身邊，聞著她和籃子，低哼著。阿肥姑把牠再推開。

有太陽，天氣還是很冷。阿肥姑的額頭亮亮濕濕的，會是流汗嗎？她的臉變白，嘴唇微微發紫，從微張的嘴唇，露出金門牙。

阿肥姑想站起來。不知是蹲了太久，或者是身體胖了一點，看來有些吃力。她的腳踩緊溝岸，半蹲著身子，或許用力不對，沒有踩好，一腳一直滑進水溝裡，看來好像有人在拉她。她好不容易抽腳回來，在溝岸靜靜坐了一兩分鐘，手撐著地，半跪著，勉強站起來。她的身體還晃了幾下。

阿肥姑看了看手，手上沾有泥灰。她也沒有拍掉，提了籃子，正要回家。

嗚——嗚——

突然，黑狗庫洛，伸長了脖子，長叫起來。這是吹狗螺嗎？吹狗螺是晚上才有的。大人說，狗看到了鬼會吹狗螺。庫洛的眼睛，閃著奇怪的光，看來有點可怕。

「走開！走開！」

阿肥姑用手把庫洛推開。

嗚——嗚——

黑狗還是長叫著。

「走開！再不走開，把你也殺掉！」

阿肥姑聲音不高，有點發抖。

「我娘爸呀！我娘爸呀！」

從後壁溝的一端傳來了哭聲。阿旺看到阿雲姑已走到牛浴窟那邊了。阿雲姑穿著暗色的衣裙，黑色的布鞋，撐著黑色的雨傘。

阿旺有兩個阿姑，大的叫阿雪，自小就送給人家作養女，阿雲姑是自己養大才嫁出去的。她是嫁到走路要四、五十分路程的街仔，現在已是街仔人了。

「還沒了，還沒了，現在還不能哭了。」

牛浴窟那邊有人在洗衣服，趕緊阻止她。阿公還沒斷氣，還不能哭。

「阿肥姐，妳那是什麼？」

阿雲姑指著阿肥姑手提的籃子。阿雲姑的一雙腿微微向外彎，走路和站著都一樣，像一個扁形的輪子。

「藥呀。」

「阿丈他怎樣？」

阿雲姑和阿肥姑都叫阿公阿丈，不像街仔人叫阿爸。

「好一些了。」

阿肥姑提高聲音說。阿公是真的好一些了？

「呃。」

阿雲姑把眼睛擦了一下。看來，她並沒有哭過的樣子。

阿英挑著空擔子出來，看到阿雲姑，把擔子放下，兩個人就聊起天來了。阿雲姑比阿英大一點，阿雲未嫁出去之前，她們經常在一起，經常一起去街仔賣菜，也一起買日用品回來。

阿旺跟著阿肥姑到廚房，二嬸正在煠（水煮）雞。

廚房裡有一個大灶，是磚造的，有一大一小的鼎（鍋）。因為米國飛機時常來空襲，甲長和防衛團的人也來告訴過他們，煮東西不要冒煙，以免敵機誤認目標，發生危險。

二叔很疼阿旺，二嬸也是。以前煠雞，如有卵單（還未生出來的蛋），二嬸會挑一兩個大一點的，塞進他嘴裡。阿旺有看到一串的卵單，不過二嬸並沒有拿給他。

阿肥姑拿了紅毛土紙包的藥進來，用水沖洗一下，把貓肉一起倒進陶鍋，放在烘爐上。烘爐是燒木炭的。家裡，是很少燒木炭。木炭太貴了，只有阿公在冬天烘火籠的時候才會用。

阿旺家裡，一般是燒稻草和粗糠。有時，也會用竹枝和樹枝。今天是做藥，才用木炭。木炭沒有煙，也不會被敵機發現。

「大兄，快！快出來！」

四叔在門口大聲叫著，而後和父親跑去牛舍。阿旺聽到，也跟了過去，已有好幾個人在牛舍裡面了。

阿公又吐血了，床前有一大灘的血，連牆上都濺到。阿公的臉發白，嘴唇發紫，嘴唇、嘴角和鬍子，都沾了血。阿公的一隻手垂下來，碰觸地上。

「辭土，辭土。」

父親告訴四叔，病人知道活不久，會伸出手腳觸地，表示和土地、和親人告別。

四叔叫來了幾個鄰居，把阿公抬到大廳，放在地上的草蓆上。

阿公直直的躺著，半閉著眼睛。

「快去叫阿雲姑。」

阿肥姑叫阿旺。阿旺跑出籬門，看到阿雲姑和阿英還站在原來的地方談談笑笑。

「快，快。」

阿旺拉了阿雲姑的手。

「怎麼了？」

「阿公，阿公……」

「我娘爸呀，我娘爸呀……」

阿雲姑放聲哭著。這叫哭路頭。其他的人，也都已跪在阿公身邊，大聲哭在一起了。

忽然，阿旺聞到一股濃味，是藥頭的香味。走到廚房裡一看，陶鍋裡已滾開了，從鍋蓋的縫一直冒出白煙，再從上面的窗口飄出去。

二嬸剛才放在灶上的雞，還在那裡，還有一串大大小小的卵單，看來有一、二十個。大一點的，明天就會生下來了。

烘爐裡的火，繼續燃燒著，火舌舔著陶鍋的底，白煙繼續往上冒。

嗚——嗚——嗚……

又是空襲警報了。

大廳裡的哭聲靜了下來。

呼嗡、呼嗡……

是飛機的聲音，這一次，比剛才的聲音鈍重一點，四叔阿旺剛跑出大門。

轟，轟，轟……

米國飛機又在轟炸海口的機場了。

過了幾分鐘，飛機聲沒有了，轟炸聲也沒有了。

「我娘爸呀，我娘爸呀……」

在大廳裡，家人又哭成一團了。

中正紀念堂命案

下午三點鐘，王吞雲接到組長的電話，說中正紀念堂發生了命案，要他趕快聯絡攝影記者，前往採訪。

這是中正紀念堂建造完成以來，第一件命案，因為地點特殊，是重大案件。組長一再強調，要快，要精，最好是獨家。

本來，一般的情形，都是分局的人直接聯絡他，這一件他們先聯絡組長，再由組長指派他前往。

王吞雲約好攝影記者，騎摩托車趕往中正紀念堂。因為趕時間，和計程車搶車道，差一點擦撞，計程車趕過來，司機搖下車窗，伸出頭來罵了他一句：「趕死！」

中正紀念堂那麼大，據說有二十多甲，命案是發生在什麼地方？

他騎車到大忠門，那邊的人告訴他，會不會在大孝門那邊。他繞了半圈到大孝門。那邊的人告訴他，會不會在杭州南路那邊。

杭州南路那邊，是一道長長的圍牆，是在圍牆裡面，還是外面？外面很平靜，應該是裡面吧。

王吞雲停下摩托車，走到杭州南路和信義路的交角。攝影記者已在那裡，兩個人就一起進去。

他們一進門，就聽到拉胡琴的聲音，而後有人唱了起來。是平劇。一男一女，就在右側的走廊上，男的坐在石凳上，女的站在前面，兩人都已超過七十歲了吧，頭髮已斑白，男的頭髮稀少，女的剪著短髮，男的拉得很賣力，女的唱得很起勁。王吞雲對平劇完全不懂，只聽到一句「奴家，奴家……」

王吞雲和攝影記者走到杭州南路那邊的走廊上，長長的走廊。一望過去，人並不多，看來相當平和，一點也不像發生了命案。

兩人順著走廊往前，有人在那裡走動，也有三、兩人站著聊天，沒有警察，沒有隔離用的黃色帶子，也沒有圍觀的民眾。

「怎麼搞的？」

王吞雲和記者相看一下。

在走廊的中段，另外有一對人，比他們早了一步，有一個在拍照，鎂光燈閃了幾下，另外一個人在做速記。他們在拍什麼？在記什麼？

王吞雲和攝影記者，從信義路的一端，走到愛國東路。走廊的地板是用暗綠、淡褐、乳黃三種顏色的大理石拼成的，上面掉有一些碎葉，其他什麼也沒有。沒有屍體，沒有血跡，沒有警方用粉筆畫成的人形。

他們走到走廊的盡頭，回頭一看，白色的柱子，白色的牆，整條走廊形成一個尖頂的、五角形的長長的隧道。

他跑社會新聞，讀過一些犯罪心理和偵查命案的書籍，具有一點這方面的常識，知道一些行凶的動機，行凶的手法，凶器的使用，以及從屍體去判斷行凶時的一些情況。

他們問過在走廊上的幾個人。

「不知道。」

「沒有聽說。」

到底，有沒有命案發生？會不會有人惡作劇，亂報案？他這樣想，攝影記者也一直向他投下疑問的眼神。

牆壁可能剛漆過，一片淨白，沒有任何血跡。走廊也沒有洗刷過的痕跡。走廊外側，以及花坪下，有水溝的入口，是暗溝，裝有鐵格子，也沒有積水。

「怎麼辦？」

攝影記者問他。

先前，他們也看到別報的記者在做筆記和拍照。他叫記者把有關的場景拍下來。

「我去前面，把正殿和各門拍下來。就先走了。」

攝影記者比他有經驗，也想得更周到。

「怎麼辦呢？」

攝影記者走了，他還是要想點辦法。

是不是真的有命案發生？不然，組長怎麼會叫他來？剛才，不是也有另外的記者在那裡採訪嗎？

如果有命案發生，發生在哪裡？誰被殺？男的？女的？年齡有多大？職業呢？傷在哪裡？死了沒有？用什麼凶器？刀？還是槍？從什麼角度行凶？有多遠的距離？如果是死了，屍體搬到哪裡去了？解剖室？或者殯儀館？如果沒有死，是不是送到醫院去了？哪一家醫院？

一大堆的問號，在他腦際不斷出現。

他去廁所。是有人會把屍體藏在廁所裡面的。廁所裡面很乾淨，沒有人。有人說，要看一個地方的文化，先看廁所。他去過中國一次，碰到沒有門的廁所。在解手的時候，本地人屁股朝外，台灣去的臉部向外。是應該給人看屁股？還是應該給人看臉孔？這也是文化的差異嗎？

廁所裡面，沒有屍體，也沒有移動過屍體的痕跡。

從外面看，廁所的牆是淡綠色，屋頂是深一點的綠色。這也是配合四周的樹木的顏色吧。樹木是用欄杆隔開的。欄杆是假竹，欄杆邊的指示牌是假木。為什麼用假的？成本？耐用？或修整方便？

在欄杆外的小徑上，擺著一些垃圾桶，是仿古的銅壺，看來古色古香，像故宮博物院裡面的古器。他探視一下，有人喜歡把凶器藏在垃圾箱裡。

忽然，他對自己有一種奇妙的感覺，覺得自己很像《頑皮豹》影集裡面的烏龍偵探。他覺得可笑，卻笑不出來。

有人從小徑上經過，是五、六十歲的女人，穿著淡藍色束腰的衣褲，藍色的布鞋，手提著一把劍。是要去練武，或者剛練完武。

「請問，這裡發生了命案？」

「什麼？」

那人，突然雙手握緊劍把，擺出一個架式。看來帶有一點殺氣。王吞雲倒退了半步。那人，收起架式，一句話也不說，繼續往前走去。

王吞雲回到走廊上。牆上有各種形狀的窗。窗和窗的距離一樣，大小差不多，形狀卻不一樣。凶手有沒有可能把窗的鐵框取下，把屍體搬運出去？

就在他注視著窗框的時候，忽然間，窗格子消失了，留下了一個空白，卻有一點模糊不清的窗洞。

他怔怔地看著。窗格子又出現了，先是模糊，而後清晰。時間很短，卻是以前不曾有過的。看來，裡面是找不到任何線索了。他再度走到愛國東路那一端的角門。右邊的走廊上，有六、七個人圍在那裡，大部分是老人，有人在下棋，有人在觀棋，卻一點聲音也沒有。剛才為什麼沒有注意到那一群人呢？

或許可以問問他們。

「聽說，中正紀念堂裡面發生了命案？」

「將！」

下棋的人說。

有一個觀眾看了他一眼，一句話也沒有說，又低頭看棋盤。

「快，快。只有上仕一步，有什麼好想的？」

看樣子，下棋、看棋，比命案重要多了。

王吞雲走出角門。牆外，行人並不多。他沿著杭州南路，往信義路的方向，順著圍牆的外邊行走。從剛才那些窗子，可以看到裡面。他只看到白色的柱子，和綠色的樹木，眼睛晃了一下，又來了？他停步一下，眨眨眼睛，而後再往前。

在紅綠燈的地方，他看到一群一群的女學生。他問她們，是否知道命案發生。

「命案，好可怕喔。」

「好可怕喔。咯、咯、咯。」

他實在不容易了解，可怕和笑，怎麼會連在一起。

他走過紅綠燈，到學校前面，再問了幾個人，都問不出任何結果。

從學校往南，有一排商家，有賣飲食的，有飯，有麵，有水餃，因為還沒有到吃飯的時間，有的在準備，有的還在休息，看起來有些陰暗和冷清。另外，也有賣蔬菜和水果的，有一家可能是豬肉店，放著一個木牌子，上面寫著「黑毛、溫體肉」。從那邊經過，還可以聞到肉腥味。

最熱鬧的是賣黑輪和麵線蚵的，因為學生剛下課吧，圍了一大堆人。在人行道上，也有人擺攤子，有賣蔬菜的，也有賣茶壺的。那是要賣給下班的人，不過已有零星幾個人，從她們的衣著看，可能是溜班出來的。

其中有一個店，有三個人圍著一個小桌子在泡茶。

「命案，不知道。我們雖然賣豬肉，卻從來不殺豬。現在，人殺人，比殺豬還要狠。」

「你是記者？」

另外的一個人，倒了一杯茶，遞給他。

「這個所在，」他指著中正紀念堂說：「本來是要起商業大樓。你知影嗎？像現在的華納影城那樣。你知影嗎？無代無誌，蔣介石突然死去，起了彼個紀念堂。若是起了商業大樓，你敢知影，這所在，不知繁榮幾十倍。現在，你看，要死不死，有夠慘的了。」

看來，這種怨嘆，還是要繼續下去了。

王吞雲跨過杭州南路的交通號誌，回到紀念堂的角門，看到對面一間國中的門廊上有電子字幕在閃動，有時橫走，有時上下移動。有紅色、桔色、綠色的字，不停變換，很像電動玩具。不過，所玩的卻是很嚴肅的事。字幕所顯示出來的是：「姑息養奸、自食惡果」……一類的宣傳文字。這是學校要做的事嗎？

看過去，有一個穿警察制服的人在門廊下面晃動。這是學校？還是派出所？

也許可以穿過馬路，過去問問警察。

「請問，你知道中正紀念堂裡面，發生了命案？」

「什麼命案？我們只管學校，不管紀念堂。」

那，要不要打電話問問分局的人？

「我們有聽說過，不過還沒有接到正式的報案。」

「你們有沒有派人過來？」

「沒有人正式報案呀！」

看來，分局的人也不能確定。奇怪，組長不是說分局的人打電話給他？台北市有好幾個分局，是哪一個分局打電話給他？中正紀念堂，是中正區沒有錯呀。

看來，忙了一兩個小時，還是完全不得要領。不過他知道組長的脾氣，交代的事，就一定要有成果。

王吞雲走到大孝門那邊。信義路那邊是大忠門。這兩個門的名字都起得很好，忠孝雙全。他看到門下有一個中年人在那裡張望。

「請問一下。聽說中正紀念堂裡面發生了命案？不知道在什麼地方？」

那個中年人問了王吞雲。

「你是……」

「我是特地趕過來的。」

「你是記者？檢察官？或私家偵探？」

「都不是。我是一般民眾，這一件事實在太特別了。」

一看，他手裡還拿著照相機。

「我也是聽說的。聽說就在那邊。」

王吞雲遙指著杭州南路那邊的走廊。中年人輕輕地點一個頭，半走半跑地趕過去。

王吞雲望著紀念堂大殿的側門。忽然，他聞到一股略帶青腥味的香氣。他停下腳步。有人在草坪上推著機器剪草。他也聽到剪草機的聲音。可能是風向的關係，剪草的地方還有一點距離。

他轉頭回來看著大殿的側門。這個門沒有名字。看過去是兩個大洞，像隧道的入口，也像兩個巨大的嘴在那裡吞吐著。

路的兩邊有花坪，用古銅色的金屬框圍起來。他瞄了一下，花坪前插著牌子，寫有花名，有石竹、爆竹紅、矮牽牛、海棠、非洲鳳仙等。也有三色堇，他看書曾經看過，今天第一次看到了實物。

「這是規則。」

「這是涼鞋，不是拖鞋。」

在側門的入口，有一個年輕人和管理員在理論。管理員沒有穿制服，胸前掛著名牌。

「不要辯了，衣著整齊，這是起碼的要求。」

管理員的聲音大了一點，不過態度還算好。聽父親輩的說法，以前為老總統做事的人，不知多威風，那有可能讓你爭論。至少，他們會把你拉進去，不修理你，至少也要訓你一頓。

這時，從裡面匆匆走出幾個穿制服的警衛，把年輕人圍住。

「先生，請你下一次再來吧。」

雖然周圍有警衛，管理員還是很溫和，卻一點也沒有要讓步的意思。年輕人不悅地走開，嘴裡還是不停地嘀咕著。

王呑雲想上前問管理員，卻又覺得時機不對。但是，不問他，又問誰呢？組長說，要做記者，就不能怕事。

「命案？什麼命案？」

「聽說，中正紀念堂發生了命案？」

「什麼！你開什麼玩笑！」

王吞雲感覺，管理員的聲調比剛才又提高了不少。他直覺到，再問下去，也一定不會有結果的。

走進側門，是一條寬大的通道。他是第一次進來。真沒有想到裡面這麼寬敞。通道中央擺著兩部凱迪拉克豪華轎車，是老總統生前的座車，是黑色的，擦得晶亮，說明書標示有三噸重，看來非常堅固，令人想起裝甲車。

父親有一個朋友，以前做過火車司機，有一次開車到中山北路的平交道，不知是沒有聯絡好，還是照他自己所說，故意把車停在平交道上，擋住了總統座車。總統的護衛立即把座車圍住，有人還趴在車頂上，用肉牆保護。那時的台北市長是高玉樹，中山北路平交道的天橋便是這一件事以後建造的。

父親說，故意是不可能的。那時候，發生這種事，不知要追究多少人，不知多少人要被電得金閃閃。是父親的說辭正確？還是應該相信火車司機的話呢？

父親還有其他的故事。一個北一女中的學生，從總統府前面經過，伸手掏手帕，手一舉起，一個子彈打穿了她的手心。另外的一個故事，一個電氣工人，在電線桿上工作，伸手拿腰帶上的工具，一槍打過來，就像打鳥一般，把工人打了下來。

聽父親的話，就像聽故事一般。

父親還說，那些警衛個個是神槍手。他們去參加奧運，一定每一個人都可以拿到金牌。

中央大走廊的兩邊牆上，還掛著幾幅巨大的油畫。有軍校建校，誓師北伐，毋忘在莒和金門砲戰等，都和老總統的事功有關。

有一個老人，穿著咖啡綠的夾克，站在金門砲戰的大油畫前面，出神地看著，眼角掛著淚水。他採訪過老兵，知道有些老兵惦念著那一場偉大的戰役，也有不少老兵完全沒有任何回憶。

在走廊上，有兩處展示著紀念堂的模型。一個是中正紀念公園。另外是一組兩個模型，一是中正紀念堂的模型，一是一樓的平面配置圖，從這個模型可以看出裡面有好幾個廳、館。

在北側靠近出口的地方，有幾幀巨大的蔣夫人生活照。她穿著墨綠色的旗袍，掛著一串紅珊瑚項鍊，看來又大方又出色。

父親說過，蔣夫人是用牛乳洗澡的，所以皮膚又白又細嫩，是中國第一美人。

他說，以前有人在報上登過一篇文章，說有一種叫美齡蘭的花，很漂亮，卻沒有用。美齡蘭是指嘉特麗雅蘭嗎？聽說，那位編輯引咎下台，當時更有傳聞，說他被抓去槍斃了。事實上，那個人現在已八十多歲，還健在。

在蔣夫人的照片對面，靠著牆，有一排木椅，有扶手的低椅，分散坐著幾個老人。今天，他在整個紀念公園裡面，碰到不少老人。有的在下棋，有的在唱平劇，有的在散步，有的在枯坐。

另外，也有不少觀光客，有團體，也有個人。日本人多是團體，洋人則個人行動較多。

坐在木椅中央的老人，正面對著蔣夫人，頭戴著縫有四角形青天白日滿地紅帽徽的帽子，身穿淡褐色夾克，眼睛直對著蔣夫人。仔細一看，眼睛卻是閉著。

有一對，坐在右側靠近牆角的地方，好像也在打盹。這些老人是從哪裡來的？聽說，現在老人坐公車免費，只要身體健康，什麼地方都可以去。

在中央偏左的地方，坐著一對年老的男女。男的在比手劃腳，一直講個不停。女人好像很專心地聽著。

西洋和東洋都一樣，說老人是寶。他讀了一些書，有一個印象，智者、賢者都是老人。阿媽說得沒有錯，過橋卡多你行路。阿媽已八十一歲了，她有一個缺點，說是不敢坐飛機，所以遠一點的地方都不能去。

有一次，他自己去美國，來回坐了三十多個鐘頭的飛機。加起來，大概地球繞了將近一周。這應該有阿媽走了半輩子的路吧。不過，他還是很尊敬阿媽，小時候，他最喜歡聽阿媽講故事。

王吞雲走近那一對老人，男的還在講，講得很起勁，女的手抓住男的手臂，不過眼睛是閉著的。是在打盹。

王吞雲沒有聽到前面的部分。從他聽到的，可以推測是在講一件命案。他一邊講，用另外的一隻手去碰女的，女的睜開眼睛，又閉上。男的並不放鬆，有時緊皺眉頭，有時露出不很整齊的牙齒。

命案的部分內容是，一個留學回來的博士教授，愛上了女學生，殺死了自己的太太。故事很簡單。這個命案，會是中正紀念堂的命案嗎？他自己也覺得奇怪，看來是兩個無關的命案，卻立即把它們連了起來。

「妳仔細聽呢……」

男的又去拍女人的手。

「你已講過一百零一次了。」

「這在當時，轟動了整個重慶，比日本飛機的轟炸，更轟動呀！」

王吞雲再走近一步。這個老人，對命案那麼有興趣，也許也知道中正紀念堂命案的一點訊息。

「金門砲戰的時候……」

老人好像要換話題了，王吞雲再搶前一步，走到兩人前面。

「請問，您知道紀念堂發生了命案？」

「紀念堂？那個紀念堂？」

「這裡。」

「這裡？」

「您有看到？」

「看到什麼？」

「屍體呀。」

「你說這裡，中正紀念堂，發生了命案？」

老人用力指著地板說，這時，女的也清醒過來了，睜開眼睛看著他。

「不。是在外邊，在後面的走廊那邊，圍牆那邊的走廊。」

「那邊也一樣。不可能的。我告訴你，不可能的。這是一個神聖的地方，知道嗎？」

老人提高了五個分貝的聲音，口音很重。

「知道，知道。」

「現在年輕人，就是沒有敬畏之心。敬畏之心，那是中國最重要的傳統。這個地方，是皇宮，是聖殿。你知道嗎？」

「知道，知道。」

王吞雲趕忙回答，正想走開。

「等一下！」

老人幾乎站起來了。

「我要告訴你，這是不可能的事。你是記者嗎？」

「是，是。」

「記者寫文章要小心，不能亂寫，特別是對神聖的人，對神聖的事。中國出現過幾個聖人，你知道嗎？」

「……」

「現在的年輕人，就是不讀書。堯、舜、禹、湯、周公、孔子，而後朱熹、王陽明。孔明、李白、唐太宗李世民都不能算。而後就是國父和蔣中正總統。」

說到蔣總統，老人整個上身都拉直了。

「台灣，最不足的就是沒有文化。不要說別的，台灣連一個神也沒有。媽祖、關公，統統是大陸來的。你知道嗎，現在蔣總統已成神了。他叫『興漢尊者』。順便告訴你，國父也成神，叫『復漢使者』。蔣總統也是大陸來的，不過他是在台灣成神的。這是台灣人的福氣。你知道嗎？」

「知道，知道。」

「不過，你對命案有興趣，我可以告訴你五、六十年前，在重慶發生的一件轟動全國的命案。也許我應該說得準確一點，是在……五十七年前……」

老人把王吞雲剛才聽了一部分的命案，完完整整再講了一遍。他很驚奇老人的記性。

「剛才，也有一個女記者來採訪過。她聽了我的話，還低著頭，一聲不發。我看，她一定是太感動了，眼眶都紅起來了。」

女記者，會是誰？會是哪一家報社的？會是龍麗寶？

王吞雲站了起來，老人好像很滿足，他身邊的女人歪著身體，靠在椅背上，微張著嘴，已睡著了。

王吞雲匆匆走出，外邊還是多雲的天氣，天色已有一點陰暗，他也感到一點冷。

他深深地吸了一口氣，也許應該休息一下。

他走過小徑，他看到小徑邊的杜鵑花叢前面，插著一個小小的鐵牌子，寫著「杜鵑」二字。紀念堂裡面，有那麼多樹木和花草，除了剛才在花坪上看到的，幾乎都沒有名字，為什麼獨有杜鵑呢？杜鵑很粗俗，幾乎大家都認識。為什麼只有它有名牌？他實在想不出一個合理的理由。或許，或許，立牌子的人，只知道杜鵑。

有一隻斑鴿飛到小徑上，搖擺著尾部，從容地走著。聽說，現在的人不抓斑鴿，不吃斑鴿了。

樹叢中，有兩隻畫眉，邊叫邊跳，叫聲有些粗啞。

他走到池塘邊。裡面養了許多錦鯉，聽說有的錦鯉非常名貴，有的身價在十萬以上。只有這種地方，才養得起吧。

在池塘裡面，有一個圓形的小鐵柵網，裡面長著布袋蓮。在柵網上站著一隻白鷺鷥，長長的脖子一伸一縮，始終沒有啄下去。

池塘的水，看來有一點暗，是光線的關係？錦鯉有顏色，可以看得很清楚。不過，他也看到一條一條陰暗的影子，不動的時候看不清楚，動的時候，才可以看出是一條一條的吳郭魚。池塘的水很清淨，也可以看到許多許願的硬幣。

路邊有一架魚飼料販賣機，是一條塗著鮮豔的黃、黑、白和紅色的，豎立的錦鯉。有一對情侶站在販賣機前塞硬幣。

情侶取了飼料，摟在一起，走到彎背的橋上。他們還沒投下飼料，一群一群的錦鯉已跟過去了，還有在水底下看不清楚的那些吳郭魚。

情侶摟得很緊，慢慢地拋著飼料。

錦鯉游過去，畫出一稜一稜的水波，張開黃色的嘴，噬吞浮在水面漾動的飼料。吳郭魚也很快地趕過來，加入搶食的行列。

以前，紀念堂嚴加管制，不准放生，以維持錦鯉的純種。哪裡來了那麼多的吳郭魚？是不是管理鬆懈了？還是因為吳郭魚繁殖力強，有水的地方就會有吳郭魚？

他坐在水池邊，閉著眼睛，想使頭腦空白，不再去想命案。但是，卻無法完全揮捨掉。

要寫？還是不要寫？要寫，要如何寫？

他也想到了老人所提的女記者。會是誰？會是龍麗寶？

外面還明亮，不過水池附近，因為樹影，顯得陰暗無比。

他用手機打了一通電話向組長報告採訪的情形，以及所遇到的困難。組長告訴他，他的責任就是一定要寫一篇報導文章回來。至於能不能用，由上面決定。

他離開水池，外邊是一片空曠。音樂廳那邊，有人在練習吹打。吹的，有時會吹出漏氣的聲音。打的，打得很起勁，有時卻很亂。是學生？還是軍樂隊？

另外的一邊，有人在耍花槍，是學生，是女學生。手抓的，顯然是假槍，看來對她們還是太重。一直有人把槍甩在地上，而後發出一陣呵呵笑聲。好像有人被打到了腳背，蹲下去推擦。槍，命案又緊緊地抓住他。

「你知道中正紀念堂發生命案，在什麼地方？」

有一個中年人問他。中年人是從正門那邊趕過來的。正門像一個大牌樓，品字形的藍色屋頂，中間是「大中至正」四個大字。左右兩側是國家劇院和音樂廳。很奇怪，已有兩個人問他了。

王吞雲微轉身，遙指著高聳的紀念堂。

「哪裡？」

「在紀念堂後面。你到那邊，再問問看。」

很奇怪，他怎麼這樣子回答？

王吞雲跟著走了幾步。大廣場的兩邊，有兩塊巨大的花坪，種植著海棠和爆竹紅，畫出蔓草騰雲的圖案。

就在廣場中央，有一個中老年男子，戴著眼鏡，架了一部望遠鏡，蹲下身探視。看什麼呢？看鳥？現在有很多人做賞鳥活動。不過，這個地方又不像是賞鳥的地方。

「請問，你知道紀念堂發生了命案嗎？」

「你是記者？」

「嗯。」

「你知道中正紀念堂的飛簷上，有幾隻走獸嗎？」

「走獸？」

「你先看看那些飛簷……」

那個人指著望遠鏡，要他過去看看。

中正紀念堂是八角形的建築物，藍色的屋頂，白色大理石的牆。

他看到了藍色的琉璃瓦，有幾道飛簷向外延伸。飛簷的下端排著幾個奇奇怪怪的鳥獸。那些該是吉祥物吧。

「你算算看有幾個。」

「怎麼算？」

「算它們的數目呀。」

「十個。」

「後面還有一個。」

「像擋泥牆的？」

「你真會形容。那是一個龍頭呀。」

「那就十一個了。」

「你知道十一個的意義嗎？」

「不知道。」

「北京，故宮大和殿的飛簷上，也是十一個走獸。你知道，那是皇宮呀。皇帝才能用十一個呀。蔣介石是皇帝呀！」

他想起中正紀念堂裡面的那個老人。

這個人帶了一個望遠鏡來這裡，就是想證明老總統就是皇帝嗎？

那個人轉頭指著中正紀念公園內所有的建築物，都有走獸的裝飾，不過，數目是亂七八糟的，完全沒有章法。國家劇院是十一個，音樂廳是九個，這要如何說明？

那個人的手指來指去，並沒有移動望遠鏡。那些走獸，用肉眼看是太小了。

「大中至正」大門背後正是黃昏的天空，疏密不同的雲，顯現出不同的彩色。雲層較厚的是紫色，較薄的是淡黃色，有的還鑲著強烈金色的邊。有的，已漸漸轉成紅色了，有淡紅，也有深紅。

王呑雲正在算著「大中至正」門上的走獸，忽然間，那些走獸消失不見了。整個大門不見了，就像看大衛魔術，整座自由女神從銀幕上消失了一般。為什麼呢？是因為背後那些雲彩？還是因為自己的頭殼中有一部分機能消退了？

他眨眨眼睛。只有一、兩秒鐘，最多只有三秒鐘，大門又重新出現了。這時，他忽然有一種感覺，到底是有大門，還是沒有大門才是真實？

「怎麼了？」

「沒有，沒有什麼。」

「你有沒有注意到紀念堂後面的假山？」

「假山？」

王吞雲一時想不起來。

「就是紀念堂背後，用地填高起來的。」

「有，有。有什麼發現？」

剛才，他是從那邊過來的。會和命案有關？他還記得上面種了一些高大聳立的樹，大概是南洋杉。在中正紀念堂的園區裡面，到處可以看到這種樹。他很喜歡這種樹，它的形狀，和深綠的顏色。

「它並不高。」

「高也不高並不重要。重要的是風水。你不要看它是小山，那是風水，是一脈通往崑崙山的。好風水，是好命脈，是要庇佑子孫的。」

王吞雲有些失措，一聽對方的話，才發覺自己所知實在太少了。

「我去看看假山。」

他走回大孝門那邊，才發現有不少人，有的一個人，也有兩三個人一起，腳步匆匆，走向中正紀念堂的背後。

他走到背後，也就是杭州南路那邊的走廊時，才發現那裡已聚集了不少人，至少有一百人以上，後面還有不少人繼續趕過來。

「什麼事？」

「中正紀念堂發生了命案。」

有人在那裡比手劃腳。難道屍體已發現了？

他再匆匆趕到假山後面。怎麼看，不管從天看，或從地看，一點也看不出它和崑崙山有什麼關聯。那邊也有不少人，也有人好像在尋找什麼。

「鈴……」

他看看手機，是龍麗寶打來的。

「喂。」

「你在哪裡呀？」

「中正紀念堂。」

「哈、哈、哈。我就知道。」

「妳在哪裡？」

「布查花園。」

那是一家以加拿大的花園命名的咖啡店，就在政大公企中心旁邊，裡面裝飾簡樸，環境清靜，外面種有許多花樹，他們最喜歡的是那些香蕉樹。屋裡屋外都有香蕉樹，屋裡的是種在大型的花盆裡。

他去當兵，她去報社上班。每個月，至少一次，她會去他當兵的地方找他，或者他回來見她。

他趕到「布查花園」，看到她坐在靠近香蕉樹的位置，桌上放著筆記型電腦。他們時常來這裡寫稿，有時一人，有時兩人。

龍麗寶望著他，露出牙齒吃吃的笑著。王吞雲在龍麗寶的對面坐下來。她的頭髮是新染的，看起來怪怪的。

「這樣子好看嗎？」

她戴著眼鏡。她的眼睛稍微細長，是她最在意的。她喜歡戴大一點的，淡紫色鏡片的眼鏡。眼鏡有反光。他沒有看過這樣的頭髮。她染了頭髮，卻不是一種顏色，而是像斑馬，由深淺兩種褐色所構成的。

「這樣子好看嗎？」她再問一次。

「……」他知道她刻意打扮頭髮。以前，她也染過，是一種顏色，開始較濃，較接近黑色，後來越染越淡。

「沒有關係。頭髮是屬於社會的，是給人家看的。神祕的黑蝴蝶，才是私人的，沒有染，是留給你看的。」

她說得很小聲，而後伸手越過桌面，緊緊抓住他的手，傻傻的笑著，臉有一點紅。

神祕的黑蝴蝶是她私處的毛。毛細長而烏黑，呈凹形分布，看過去像一隻蝴蝶。

「你知道我今天報導什麼？」

「中正紀念堂命案。」

「你怎麼知道？」

「剛才，在電話中，我說人在中正紀念堂，妳不是哈哈大笑？我就知道妳一定也去過。」

「你怎麼寫它？」

「不知道。」

「有困難嗎？」

「一點資料也沒有。沒有屍體，也找不到警察。我沒有辦法寫。」

「我寫好了。」她指著桌上的電腦。

「妳是怎麼寫的？」

「我可以告訴你嗎？我們是同行，也是競爭者。我們不是已經約好，不談新聞稿？尤其是同一題材的時候？」

「我真的不想寫。」

「那怎麼可以？你們組長一定會不高興的。」

「可是，一點線索也沒有。」

「你不是說過，海明威說，沒有經驗，自己發明？這便是寫作的奧祕。」

「海明威是寫小說呀。這是報導，不是小說呀。」

「上次，你不是說，你們組長勸你寫小說，或回學校讀研究所嗎？」

「妳覺得，他要我走路？」

「我看，不至於吧。也許，你該學習如何寫小說吧。萬一，你真的被炒魷魚，我就養你。」

「我真的無法寫。」

「你坐過來看。」

王吞雲坐了過去，兩人並肩坐著。她用一手摸著他的臉，把自己的臉依偎過去，她的胸部壓在他的手臂上。另一隻手，在鍵盤上敲了幾下。

「屍體蒸發了，中正紀念堂發生空前離奇命案」

這是題目。內容是：

妙齡女子慘遭殺害，屍體消失了。警方正四處尋找線索。本報記者獨家訪問目擊者。目擊者指稱，某大學教授係留美歸國學人，另結新歡，欲丟棄髮妻，受阻，將其殺害。

……

被害人屍體雖失蹤，不過目擊者指證歷歷，本報記者也正深入追查，一有更具體結果，將做更詳盡報導。……

「這樣子可以嗎？」

「妳為什麼給我看？」

有時，他覺得龍麗寶很難了解。明明已說好，有關新聞稿不談，尤其是同一題材的時候。

「這一篇給你。」

「不行，不行。」

他趕緊說。

「這比養你容易多了。」

「妳也見過中正紀念堂裡面那個老人了？」

「他很有個性。」

王吞雲想起老人的言辭和口氣。她一定也有類似的感受吧。老人還說她紅著眼睛。她哭了？是委屈？還是如老人所說的，太感動了？

「不過，他不是這樣說的。」

「他怎麼說不重要。怎麼寫才重要。」

「妳要交給報社？」

「這一篇給你。」

龍麗寶的想法，有時很難抓住。比如約會，時間他可以提，場所一定要她決定。

「那妳呢？」

「我可以再寫一篇。」

「兩篇同時登？」

「不同的文章，同時登不會有問題。兩報登出相同的題材，自然更可以顯示它的重要性，也更會轟動。」

「我不能要。真的。」

「為什麼？」

「不是我寫的。我不會寫這樣的文章。」

「不要傻了，我是真的怕你被炒魷魚。」

「可是……」

「人家要你跑社會新聞，是人家看得起你。你跑社會新聞，就要調整一下心態。明星的緋聞可以上頭版，把總統選舉都擠下去了。你要知道讀者的趣向，社會大眾只看社會新聞，所以連電視都要遷就他們。寫社會新聞，也是一種創作呀。是不是？」

「我不想要。」

「怎麼樣？你直說好了。你要真相，對不對？」

龍麗寶再敲了幾下電腦。

本報台北〇〇〇報導：中正紀念堂發生重大命案。有人報警，今天中午，中正紀念堂發生命案，不過屍體尚未發現。死者性別、年齡、職業，尚待調查。據目擊者指稱，死者是一女子。警方正全面調查失蹤人口，並朝情殺、財殺、仇殺三方面，積極追查，並請民眾協力，提供任何線索。

這是第一段，下面有記者訪問在中正紀念堂內活動的民眾，包括那位講述重慶命案的老人，並把紀念堂裡面的情景也描述一番。

「這樣子，不就更接近真相了？」

「妳同時寫了兩篇？」

「兩篇，你選一篇。」

「我……」

「你選一篇好嗎？」

龍麗寶說，整個人趴在他身上。

「不過，這是妳寫的，是妳的東西。」

「我的東西？」

龍麗寶突然拉了他的手，去摸她的臉。

「這是誰的東西？我的？你的？」

她又拉了他的手，放在她的胸部。

「這是誰的東西？我的？你的？」

「……」

她拉他的手，放在她大腿之間。

「神祕的黑蝴蝶是誰的東西？」

「……」

王吞雲感到快要窒息，無法回答。

「如果你不想要我寫的，你自己寫。千萬要寫一篇。」

她用臉磨著他的臉，他可以聞她的喘氣。

「兩篇，你可以選一篇。或者兩篇都給你。」

她取出磁碟片，放在他手上。

「那妳自己呢？」

「這你不必擔心。」

難道，她還有第三篇？

「今天晚上，妳來嗎？」

「你來報社接我好了。」

龍麗寶又露出微笑，也沒有等他回答，提了電腦，到櫃台付了帳，推門出去。外邊，天已完全暗了。

收集者

神保町

元昌帶隊去日本旅行，今天是最後一天，是自由活動，明天就要搭機回台灣了。

二十多名的團員，有的有自己的行程，打算多留幾天，一早就脫隊。另外的幾個人，跟何太太出去採購。何太太每年至少來日本一次，對東京市區很熟悉，採購也很內行，知道去什麼地方買藥，買化粧品，或電氣用品。

現在，只剩下明玉一個人了。

「聽說，東京有一條很有名的舊書店街，我很想去看看。」

「妳為什麼不去逛百貨公司？」

「百貨公司，台灣也有。」

「妳懂日文？」

「不懂。」

「妳想看看日文的舊書店街？」

「嗯。」

「為什麼？」

「我喜歡書，我喜歡逛舊書店。以前，我就常去牯嶺街。我很想看看日本的舊書店。我也來過東京兩次，卻一直沒有機會。」

東京有幾處舊書店街。元昌以前來日本留學也曾去過，他馬上想到神保町。

元昌每年帶隊來日本多次，這是第一次，有團員要求想看看舊書店街。

明玉以前當過他弟弟元興的家教，這一次，她剛好放暑假，是他邀她加入旅行團的。

明玉穿著淡紫色的套頭衫，紫色短褲，和淺咖啡色的布鞋。

她個子矮小，只有一百五十多公分，而他自己有一百八十公分，兩人相比，她只到他肩膀的高度。

他們坐電車到舊書店街附近。一下車，他拉她的手。

以前，明玉當弟弟元興的家教時，元昌曾經和她約會過。她教元興英文。給他印象最深的是，她教元興記英文，不要只記單字，要記整句。以後，元興英文頗有進步，他自己也得到一些啟示。他讀日文，也試著去記整句。

明玉很好奇，問他日本的女學生，為什麼襪子不拉直，只擠在小腿的一半，為什麼市區還有電線桿，上面還貼著一些廣告或標示。也問他，日本人為什麼那麼多人騎腳踏車，而不騎機車。

「好多書店喔。」

元昌告訴她，以前書店更多，現在已有一部分改成一般商店了。

「為什麼？」

「也許，不需要那麼多舊書店吧。」

「呃。」

元昌帶她邊走邊看。有的書店也賣新書，不過書價較低，是訂價的八折或九折。有些是專賣店，只賣一類或幾類的書。有的專賣文庫版的書，有的賣全集，有的賣美術書、漫畫書。也有的專賣與中國有關的書籍，有日文，也有中文，中文書也有簡體字。有些日文書，書名雖然是漢字，卻和中文的意思不同。「病氣」是「疾病」，不過還可以了解。「論理學」是「邏輯」，就相差較遠了。

雖然如此，明玉還是一直看下去。有時，她也會進去店裡面看看，從書架上拿下書來翻一翻，再放回去，而後轉頭向他輕輕一笑，露出淺淺的酒窩。

也有幾家是賣外文書，以英文為主，也有法文或德文等，她也會進去看看，看日本人讀什麼外文書。

一般而言，書店裡會將書籍分類，並且整理得很整齊。但是，也有少數書店，把書堆放一起，由讀者自己尋找。

舊書店街，除了書店，也有其他的店，有便利商店，有飲食店，也有骨董店。

「等一下。」

明玉輕叫一聲，拉住他。

明玉看到，一家禮品店的櫥窗裡，擺著各種禮品。她正指著櫥窗的一角，陳列著各種貓頭鷹。有陶瓷、有玻璃、有木雕、有布料，也有皮革製品。

在旅行期間，他發現，明玉看到各種動物，尤其是貓頭鷹時，總會停下來，仔細看一下。

他們走進店裡，她選了一隻，是用皮革製成的。

「那是一對。」

女店員說，指著另外的一隻。元昌替她翻譯。

「我，我只想買一隻。」

「許多鳥都是成對的。這隻大一點的，是公的，小一點的，是母的，剛好是一對。」

女店員看著兩個人說。

「一對也是一呀。」

「真的，我只想買一隻。」

明玉把貓頭鷹放下，向外走了幾步。

「另外一隻，我來買。可以嗎？」

「為什麼？」

「我看它們都很精緻。把它們拆開……」

「……」

「妳很喜歡，對不對？」

「……」

「好了，把牠們包起來。」

女店員，把兩隻包在一起。

「要分開包。」

明玉說。

「沒有關係了。回去，一隻給我就行了。」

元昌了解，一般收集東西的人，都希望收集更多，更齊全。

他們走出店門，經過兩個巷口。

「妳看。」

「什麼？」

「妳看，好多鳥。」

這家店，裝飾更為精美，大大的櫥窗裡，放著不同的鳥，不過都是木刻品。

「要不要進去看看？」

「嗯。」

店裡面，還有幾個小櫥窗；下面鋪著墊布，還有燈光設計。

有一個小櫥窗，放著十幾隻木刻的貓頭鷹，都很小，最大的也只有五、六公分高。

這些雕刻很簡單，一塊短短的方柱，把一角削去，塗上暗褐色，在削去角的斜面，點上三個小黃點，是嘴和眼睛。

這些貓頭鷹，有的是一對，也有的有三隻、四隻，或五隻，兩隻大的，其他是小的，像是一個家庭。

「好精緻。」

「妳很喜歡？」

「我們已經買了。」

「難得出來一次，多買一隻……」

「不。一次，我只買一隻。」

明玉在小櫥窗前站了片刻，一下從右邊，一下從左邊，仔細地看著。

「我們走吧。」

「真的不買嗎？」

明玉輕輕地搖頭。

「我看，妳很累了？」

「腳有一點疼。」

他們已走了不少路了。

「妳看。」

元昌指著一家書店裡面，擺著一個小桌子，前面有一個椅子，桌上還放著一個陶瓷菸灰缸。

「那是做什麼的？」

「要客人坐下來，休息一下，也可以慢慢的看。」

「好細心，好周到。」

明玉低聲說，坐了下來，眼睛把四周的書架掃了一眼，而後急速地眨了幾下。

在日本，其實在舊書店街也有，有人還張貼告示，表示「謝絕立讀」。「立讀」就是只站著長讀，不買書。

「我們走吧。」

他們一起走出書店，迎面碰到一對男女。女的是洋人，褐色頭髮，身材高大，男的應該是日本人。男的，只有女人肩膀的高度。

他們是什麼關係?應該是夫妻吧。現在，有不少日本人和洋人結婚。不會錯吧，女的腹部微微凸出，好像已懷孕了。

「那男人，好像是那女人的手提包。」

兩人走過之後，元昌忽然脫口說出來。

「你說什麼?」

「那男人，好像是那女人的手提包。」

「哈。」

明玉笑了半聲，突然用力抓住他的手臂，整個人掛在他的臂彎。她的眼睛正望著他。

「你看，我是不是也好像是你的手提包?」

「妳是一只最精緻的手提包。是一只無價的手提包。」

他用力抓住她的肩膀。

「我們回去……」

她低下頭說。

「我們去喝咖啡。」

他拉著她的手，走到一家咖啡店前面，在樓梯口立著一個白色的長形燈籠式的招牌，是用片假名寫著。

「那是什麼意思？」

「維特。」

「《少年維特》的維特？」

「應該是吧。」

咖啡店是在地下室，裡面的裝潢，屋頂、牆壁、平台、桌椅都用木材，都漆成暗咖啡色，燈光也不很亮。

牆上有一些知名人士的筆墨、相片，多是合照，和一些背景的說明。依照說明，這個店是在大正年間開設的。

裡面有二十個左右的座位，客人並不多。有兩三對年輕人，大概是來這裡感受維特的浪漫，也有兩三個中年人，是單獨的，大概是來品味一些孤獨的滋味。年輕人，有的在低談，也有的默默的緊抱在一起。

元昌和明玉，本來是面對面坐著。元昌伸手握住明玉放在桌上的手，她的無名指上戴著戒指。過了片刻，咖啡來了，元昌就坐過去，坐到她身邊。

元昌輕吻她的臉頰，她只是低著頭。

以前，元昌曾經和她約會過，也吻過她。當時，只是嘴唇輕輕地碰了一下。

他抓住她的肩膀，伸出舌頭吻她。開始，她遲疑一下，也輕輕回應他。

「妳沒有戴胸罩？」

「沒有。你不是說不要比較嗎？」

前幾天，他們到溫泉地，他對團員說，日本溫泉很好，大家都要進去泡，不過不要比較。從那次以後，他發現她時常不戴胸罩。

那是大眾浴池，男女是分開的。

他輕輕的摸著她的胸部。她的胸部並不大。以前，她當元興的家教時，有一次，他從她的衣領口看到了她的胸部。他只看到上面。他們曾經約會過幾次，如果他積極一點，她會和他結婚嗎？

「我們回去。」

他繼續吻她，撫摸她。

「真的，我們回去。」

他們一起出來，走過剛才碰到那個高大的洋女人和矮小的日本人的地方。

「你去哪裡？」

他帶她走進一條小巷，看到門口凹進去的地方，有一個看板，是日文，寫成中文就是「葵」。上面寫著日圓的價碼。

「這是什麼地方？」

「約會旅館。」

「什麼？」

明玉轉頭退了兩步。不過，他的手還抓住她。

「明玉。」

「不行，不行。我已經結婚了。」

「明玉。」

他拉住她的手，帶她進去。

房間並不大，一個洋式的床，一個小桌子和兩個椅子。

她低頭站著，他把電燈關掉。天還未完全暗。

元昌抱住她，吻她。

「我去沖一下。」

兩人走了不少路，都流了汗。

她把上衣脫下，摺好，拿了床上的浴衣進去浴室。

過了五分鐘，她穿著浴衣出來。

他也進去沖了一下。他出來，看她低著頭，坐在床沿。他脫下她的浴衣，讓她躺下。他碰到她的身體時，她微震了一下。她的腹部有一道傷疤。他知道她生過小孩，應該是剖腹生產的痕跡。

元昌在日本認識一個在旅行社工作的日本女子，叫井上靖子，也和她上過幾次旅館。她只有二十一歲，看起來年齡比明玉還要大一點。

井上靖子的身材，一六〇以上，皮膚白皙，小腿細長，完全沒有日本女人較常見的蘿蔔腿。她的乳房很大，她又不喜歡戴胸罩，不停地搖晃著。不過，已有下垂的模樣了。

她的動作很多，每次都要他吻她的腳。他用嘴碰了一下明玉的腳，她立刻縮走了。

井上靖子另有男朋友，不止一個。有一次，他問她打算什麼時候結婚，她說不急，最快二十六歲。如果她和他結婚，她打算住哪裡，她說東京、台北都可以，她住台北，她也可以教日語。

「為什麼等到二十六歲？」

「不要那麼早，就被家庭綁住。不過，結婚以後，我一定會做一個好太太。」

他問她願意生幾個小孩，她說一個。如他想要兩個，她也可以生兩個，最多兩個。

元昌去東京，也會和她約會。有一次，春末、夏初，他帶隊去北海道，未經過東京，她還去札幌找過他。

她雖然年紀較明玉年輕，她的身體，或者是天生，或者是使用過度，皮肉上有好幾處斑痕，深淺不同的褐色斑痕。

明玉是被動的。井上靖子很積極，也喜歡換不同的姿勢。明玉自始至終，只有一個姿勢，身體仰臥，四肢微屈，雙手向上，有點像舉手投降的姿勢，像一隻大青蛙。

做過之後，她把身體轉過去，四肢輕抱一起，輕輕扭動，微張著嘴，輕輕呼吸著。她的頭髮雖然很短，還不到肩膀，也有點散亂。她的身上，已濡出不少汗水了。

他吻她，發現她在哭著。

「怎麼了？」

「我，我為什麼做這種事。」

她說，聲音有一點嗚咽。

「如果，當時……」

如果當時，他積極一點，他們會結婚嗎？

「不要再講過去的事了。好嗎？」

外邊，天色已暗了。他把電燈扭開。

「不要。」

「讓我看一下。」

「看什麼？」

「從頭到腳，我要仔細的看。」

井上靖子，不怕他看，有一次還叫他進去浴室，看她小便。

他繼續撫摸她，吻她。

「不是剛做了？」

「再來做一次。」

「什麼？」

她每次只買一隻貓頭鷹，難道每晚也只做一次？

井上靖子，有時還自動要求做兩次。

第一次，明玉像一隻大青蛙。第二次，她反應較激烈，也較積極。她會緊抱他。不過，她不像井上靖子，不肯在上面。

「明玉，怎麼了？」

他輕拍著她的臉。她昏過去了？

她轉向他，已是滿臉淚水了。

這一次旅行，他只看她一路笑著，今天，自來到神保町以後，他就看到，有幾次她都快哭出來。

「來，喝點水。」

「謝謝。我想躺一下，靜靜躺一下，請不要再碰我。」

她喝了一口水說。

風車屋

從日本回來，分手以後，今天是元昌和明玉的第一次約會。元昌按照明玉給他的地址，找到了「風車屋」。

「風車屋」在一條有名的小吃店街的小巷裡。它的隔壁有一家越南小吃，斜對面掛著幾個大燈籠，專賣海鮮。

元昌在門口，看到地上擺著一個木製的風車，有一公尺多高，是荷蘭磨坊的模型，從屋簷下，也掛著幾個風車，在轉動著，有的還繫著風鈴，發出清脆的聲音。

裡面，也有滿屋子的風車，有的從天花板垂下，有的掛在牆上。較大的，有二十公分以上，最小的，還不到五公分。有紙製的，也有用木板，或用金屬片製成的。風車的葉片，有兩片、三片、四片，也有更多片。顏色有單色的，有兩色，也有三色以上的。屋裡沒有風，大部分的風車是靜止的。

「風車屋」店面並不大，元昌用眼睛掃視一下，很快地看到了明玉坐在裡面靠近牆角的小桌前。其實，明玉已看到了他，半舉起手招呼他。

明玉身邊，坐著一個男孩，有四、五歲大。他手裡拿著一個紙製的小風車。

「阿弘，叫叔叔。」

「叔叔。」

「阿弘好乖，幾歲了？」

「三歲半。」

「長得好高。」

阿弘的確長得很好。

「他說肚子餓，已讓他先吃了一點東西。」

阿弘面前，還放著半塊深咖啡色的麵包。

「妳猜，我帶了什麼來？」

「不會是貓頭鷹吧？」

「什麼貓頭鷹？」

「在神保町看到的，小木塊貓頭鷹？」

「猜對了。」

元昌把一個小紙盒放在桌上。

明玉把紙盒拿起了，轉動一下。

「可以打開嗎？」

「當然。」

明玉把包裝紙拆開，是一個小紙盒，裡面正是他們在神保町看到的貓頭鷹，一共是四隻，二大、二小。明玉拿起來，仔細地看著。

「我知道妳很喜歡。」

元昌說，用手指捏了她的手指。

「阿弘，你看，貓頭鷹很可愛，對不對？」

「對，很可愛。」

阿弘說，用嘴吹著他手中的小風車。

「這是送妳的。」

「你知道，我只收藏自己買的。」

「妳買一隻好了。其餘的，我送妳。」

「為什麼？」

「它們是一個家庭。」

元昌轉頭看看阿弘。

「我們先來點餐？」

店員拿來了菜單。門前立的是荷蘭風車，裡面賣的好像是德國餐。

「妳點什麼？」

「我點香腸。我喜歡這裡的香腸。你呢？」

「我點豬腳。你們的豬腳，是烤的，還是煮的？」

元昌問店員。他聽說過，德國南部的豬腳，是用煮的。

「是煮的。」

「阿弘還要吃點什麼？」

「他已吃飽了。」

這時，他們發現阿弘已睡著了。

「明玉，妳四隻都收下來好嗎？」

「我……」

她略微低頭。自從他進來之後，他發現她都略微低頭。他又用力捏住她的手。

在神保町，他們做第二次，他可說是用強的。她說她收集貓頭鷹，每次只收一隻。他怕她拒絕，開始她有一點抵抗。後來，她的反應很激烈，比第一次更加激烈。

「妳看，它們多可愛，它們是一個家呀。」

「……」

明玉把四隻貓頭鷹，一隻一隻放回紙盒子裡。

「明玉，拜託妳。」

元昌雙手握住明玉的雙手。

湯來了。

「妳常來這裡？」

「來過幾次。」

「一個人來？」

「嗯。有時，也帶阿弘來。」

「妳很喜歡風車？」

「你會做這個動作？」

明玉雙手平舉胸前，手腕相疊，一上一下，而後，一手在外，一手在內，雙手反方向轉動。

元昌試了幾次，雙手都只能同一方向交互旋轉。

「我不行。」

元昌笑著說，又把手壓在她手上。

「你看那只風車。」

明玉指著櫃台右側一個小木几上的一只風車。那只風車，葉片有三層。外邊的最小，直徑約十公分，中間的約十五公分，內層的二十公分左右。元昌一看，發現三層旋轉的方向不同。最外邊的是順時鐘，而後逆時鐘，再順時鐘，三層都是金屬葉片，有一點像電風扇，是電動的，不過旋轉的速度較慢。

元昌忽然了解，剛才明玉為什麼做那個動作了。

沙拉來了。不久，主菜也來了。

元昌看明玉盤上的香腸，一共有三種，粗細不同。

「你試試看。」

明玉切了一塊較粗的香腸，用叉子叉給他，放在他的盤子裡面。香腸是略呈咖啡色，表面泛著油亮。

「這豬腳，看來很不錯，妳也試一下。皮？還是肉？」

「皮也吃嗎？」

「有一次，我碰到一位從德國南部來的旅客，他說吃德國豬腳，連皮，全部吃。」

「那我吃一點皮。」

元昌切了一小塊，用叉子叉給她。她向前推了一下盤子給他放，他卻高高拿起叉子，要她用嘴來接。等她快咬到，他又故意把叉子移動一下。

「不要欺負我。」

在日本，做第二次時，她也說過同樣的話：「不要欺負我。」

這時，因為她的身體動了一下，靠在她身上的阿弘也翻翻身，整個人趴在她身上。他手裡的風車也掉落了。元昌俯身下去撿起風車，順勢摸了她的大腿。

「不要這樣。」

「媽。」

阿弘動了一點，睜開了細細的眼睛。

「媽，我要風車。」

元昌把撿起來的風車放在他的手中。

「媽，我還要一個。」

阿弘指著櫃台。

櫃台邊，在三層風車的另外一邊，立著一個稻草束，上面插滿風車，和阿弘手裡的一樣。元昌還記得，以前在鎮上，有人賣仙楂糖，把滾過紅色糖漿的仙楂串，插在稻草束上。那人，一手扛著稻草束，另外一手拿著一個小鐵筒，小鐵筒裡面放著長長的竹籤，一邊叫仙楂糖，一邊碴碴抖動竹筒裡的竹籤。買仙楂糖時，也可以抽籤的方式，籤上畫一線的，可拿一串，二線的可拿二串。

在這裡用餐的人，一份餐可拿一個風車回去。

「我再去拿一個。」

元昌說。

「不行。一次，我只答應他拿一個。」

「真的，給他一次例外好嗎？」

他們一看，阿弘又趴在明玉身上，睡著了。

「妳很喜歡這個地方？」

「你剛才有看到那個三層的風車在旋轉？你有什麼感覺？」

「什麼感覺？」

「我有一種感覺，眩暈的感覺。」

「眩暈的感覺？」

「小學的時候，我們幾個同學喜歡跑到操場邊的草地上，玩一種遊戲。左手先抓住右邊的耳朵，右手從左手和身體之間的空隙穿出去，彎下腰，右手在地上畫圓圈，身體也隨著旋轉，看誰轉最多圈。轉了幾圈之後，地面忽然傾斜起來。實際上，是人倒到地上。同學，有時輪流做，有時一起做。看有人倒下去了，看的人笑，做的人也倒在地上笑。大家笑得很開心。我很喜歡地面慢慢傾斜，人倒下去的那種感覺。人倒在地上，躺在地上，安適地躺在地上，等著眩暈過去，而後站起來。重新再做一次。不過，我是喜歡多躺一下。」

「妳來這裡，是來回味那種感覺？」

「有一點類似，並不完全一樣。」

「媽。」

阿弘又醒了。

「什麼事？」

「媽，回去好不好？」

「對，我們也該回去了。」

「這四隻貓頭鷹，妳收起來，好不好？」

明玉把紙盒再用包裝紙包好。

「以前，我帶隊去輕井澤，那裡有一條街，叫輕井澤銀座，有好幾家禮品店。我記得有一家專賣貓頭鷹。下一次，我帶隊去，我要找一隻妳一定沒有見過的。」

「不，不要這樣。我收集貓頭鷹，有就收，一點也不想勉強。」

「兩個人收集，一定比一個人快。」

「我喜歡一次只收一隻。其實，一次收兩隻，甚至收三隻、五隻，也永遠收不齊全的。」

「不過，我很想做這一件事。我整天在外面跑，碰到不一樣的，機會一定很多。」

「我想，我們以後，最好不要再見面了。」

「為什麼？」

「我們，不能一直錯下去。」

康美理髮店

元昌走到小巷口，「康美理髮店」就在小巷弄裡面。

要進去嗎？他遲疑一下，走過小巷口，又走回來。

那是一條很窄的小巷弄，裡面以住家居多，也有幾家小店鋪，有麵攤、舊式雜貨店、租書店和報攤。

他走近理髮店，看到老理髮師和太太，正在門口澆花。

那是公寓式的一樓，門口和門楣上的小平台，放著一些花盆。以前都是由理髮師澆水的。理髮師和太太，一高一矮站在門口，已把門口的花澆好了。平台上的花，以前，是由理髮師站在矮木凳上澆水。在一個多月之前，他跌了一跤，現在是由太太代澆了。

他們都已超過七十歲了，理髮師可能還不止七十五。他們一高一矮，相差不止一個頭。所以，現在由太太澆水，要改用鋁製小梯子，太太上去，理髮師在下面扶著。

地面上，擺一些花盆，種有蘇鐵、變葉木、山茶花和桂花。那裡也有一個花盆，種著兩三株含羞草，他曾經看過有小學生蹲在前面，用手去碰一下，而後靜靜的等著葉子再張開。

平台上也擺滿著花盆。有海棠、日日春，也有煮飯花，都是很平常的花種，也有兩盆玫瑰，目前正開著深紅色的花，不過花朵很小。

太太澆了水，水滴從花葉間滴下來，在陽光下，閃閃發亮。

「小心。」

太太澆好一部分，下來，理髮師把椅子挪動一下，她再上去，繼續澆水。有時，太太還會伸手把花盆裡的雜草拔掉，身體也隨著晃了一下。

「小心。」

「來坐。」

太太還在梯子上，先看到了元昌。

每次，他來理髮，都會聽到理髮師說，他年紀太大了，應該退休了。

「今天有開嗎？」

他看到掛在門前的紅白藍三色轉筒，沒有轉動。

「都是熟客，可以省一點電。」

元昌來「康美理髮店」理髮，是從國中開始，已十多年了。他喜歡來這裡，是因為客人少，不用等，離家也很近。

店裡有三個座椅，大概在十年以前，還有一個女理髮師，做了半年多，走掉了。那以後，就只剩下老理髮師一個人。

兩年多來，元昌一直想換一個理髮店。實際上，他也換過兩次。那兩家，人較多，在理髮之前，理髮師問他怎麼剪。問了很多，剪好了，一點也不像他所要求的。有一次，一個年輕的理髮小姐問他，因為是夏天，他要帶隊出去，希望剪短一點，理髮小姐沒有聽懂，以為是少剪一點，理過之後，和沒有理差不多。來這裡，卻什麼都不必講。

可是，他有些害怕。理髮師年紀太大了，有時，手還會有點發抖。剪髮不會有問題，修面就不一樣了。元昌坐在椅上，聽到剃刀在耳邊刷刷刷地響著，而後在面頰上，在鼻孔下，刷刷刷地移動著，再移到脖子上。他會緊捏著手，他也會感覺到身體在冒汗。

有時，理髮師還會糾正他。

「身體不要太硬，放鬆一點。」

刷刷刷的聲音並不大。有一次，他感覺到上唇有一點痛的感覺。刀子太利了，刷的一聲，很輕微的一聲。他知道刀子的確已割到了他。理髮師很快地在他的嘴唇上抹了一下，應該是肥皂沫吧，而後又刷刷刷，繼續刮下去。

他很緊張，手腳都僵硬了，身子也坐不好，一直到修面完畢。

每次，他走到小巷口，都會遲疑一下。

「要不要進去？」

「來坐。」

老太太笑著說，嘴巴已有點陷進去了。她穿著薄薄的布衣，隱約可以看到垂下來的乳房。

理髮師叫他坐在靠近窗邊的位子，太太很快地過來，替他圍好布巾。理髮師和太太站在一起，太太足足矮了一個頭。

理髮師拿了電剪刀，他閉上眼睛，只聽到滋滋滋的聲音。

井上靖子有剃毛的習慣。

自從元昌在東京和明玉去神保町之後，他就沒有再和井上靖子見過面了。他在東京，她也曾經打電話給他，也打到台北來，他都說他太忙。

單。

那天，在東京的旅館，明玉躺在床上，四腳朝天，像一隻大青蛙，只有手，有時緊緊抓住被單。

明玉的乳房，小一點，不過她肩膀較寬，她的肌肉很有彈性，小腹很有力，臀部也結實。她走路，身體筆挺。她站立也一樣，並且雙腳併攏。

明玉的眼睛圓而大。她說過，她高中同學四、五十個裡面，只有三、四個不戴眼鏡，她是其中一個。她的眉毛並不粗，呈緩和的弧形，由鼻頂往眼尾外伸。她的牙齒，整齊劃一，不像井上靖子有虎牙。不過，露出虎牙一笑，也是很迷人的。

「我真的很想再見妳。」

在「風車屋」分手的時候，元昌對明玉說。

「真的，那很不好。」

這一次，他去過輕井澤，也真的買了一隻貓頭鷹回來，那隻貓頭鷹是用竹篾編製的，看來粗拙，不過很特別。他想她一定會喜歡。

他打了三次電話給她，她都推掉了。

自從他和明玉分手之後，就一直想著以前剛認識的時候，他曾經去過她家。

有人說，從母親現在的模樣，就可以看到女兒將來的樣子。他不但見過她的母親，還見過她的阿媽。她的阿媽，現在已過世了。但是，他不能忘掉她的阿媽。

「我們阿玉，又乖又聰明，誰娶她一定有福氣的。」

他幾次見阿媽，阿媽都對他說這樣的話。

那時，阿媽已七十多歲了。她真的很矮，又駝背，彎成O形型的雙腿，看來手臂特別長，幾乎可以碰地，這使他想起了黑猩猩。他不應該如此，但是，他的確想起了黑猩猩。

明玉沒有那麼矮，不過，還不到他的肩膀。

那時，他還在大學。高中時，他打籃球，沒有入選校隊。原因之一，就是身材不夠高。如果進一步和明玉交往，結婚，生下來的小孩會比他更矮嗎？

「不要欺負我。」

他和明玉做第二次時，明玉曾經說過。

他捏她的胸部太用力了。她問他，他當時離開她去日本留學，是不是想逃避她，是不是嫌她的胸部太小。

她的身體不算雪白，至少沒有井上靖子那麼白。不過，從小腹到大腿之間，也就是穿內褲的部分，也是相當白淨，不像井上靖子有斑痕，有的地方還有烏青的痕跡。

老理髮師已剪好頭髮。

元昌睜開眼睛看著大鏡子，看到老太太輕扭著身體走過來，把大圍布拿下來，抖一下，抖掉頭髮，再替他結上小圍布。

他又想到，在日本舊書店街的日本人和西洋人的一對，以及用手提包來形容矮小的一方。

「要修面了。」

理髮師的聲音很輕，對元昌而言，卻好像在叫醒他。

他從鏡子裡看到理髮師手裡發亮的剃刀，也看著他的手。他的手是不是在發抖？理髮師人在動，看不清楚。

突然，理髮師將椅子向後扳，他人向後一仰，整個人好像要倒栽下去。一種類似眩暈的感覺。這是明玉的感覺嗎？

理髮師替他抹上肥皂。

「用夾子。」

理髮師還未開口，老太太已用手從熱水箱裡拿出毛巾。毛巾還冒著煙。

「他總是叫我用夾子。我這雙心婦仔手，可以把蒸蛋從鍋裡直接拿出來呢。」

她用手把熱毛巾擰了一下，抖開，遞給理髮師。他把它摺好，放在元昌嘴唇周圍。還很熱。

理髮師把毛巾拿走，再抹上肥皂泡沫，開始修面。

刷刷刷，刷刷刷。

剃刀在他的臉上遊走。從鬢角、臉頰、嘴唇上下，到喉嚨上面。他感覺到，嘴唇周圍的肉在跳動。

「輕鬆一點。」

理髮師的手如果發抖，如果一刀割下去。上次，只割到嘴角，那一下，如果割到喉嚨？

不要想了。

刷刷刷，刷刷刷。

為什麼還來這一家？

已好久了，他一直問這個問題。要不要來？不要來，他還是來了。

本來，他看到旋轉筒停止不動，以為沒有開店，以為老理髮師已退休。他為什麼還不退休？

元昌知道，來理髮的客人越來越少，多是國中生。他們多不刮鬍子。

自從明玉結婚之後，那時，她的阿媽已過世，他來這裡理髮，還有一個理由，就是想看老太太。她和明玉的阿媽，不管是身材和動作，都很相似。那時候，理髮師的手還很穩。

「要洗頭嗎？」

平常，他理髮是不洗頭的。每次洗頭之後，還會癢，所以他寧願回家，自己洗。

「要洗頭。」

幫他洗頭的是老太太。她的身體貼在他的身體上。他感覺到她的乳房壓住他。

「來吹風。」

元昌閉起眼睛，明玉像青蛙的姿勢又出現了。第一次，她只是靜靜的躺著，有時還輕輕扭動身體。第二次，她不但扭動身體，有時還抱住他。她，多時閉著眼睛，有時也會睜開眼睛看他一下。她那雙大而烏亮的眼睛。

「好了。」

理髮師用毛巾拍拍他的衣服，老太太又遞給他毛巾。

「用夾子。」

老理髮師大聲喊著。

他接了毛巾，毛巾還是熱燙的。

「你看看我的心婦仔手。」

老太太伸出雙手給他看。她的手指很粗，手掌背面也生滿皺紋，也有斑點。他不禁抓住她的手，捏了一下。

「再來喔。」

「嗯。」

「真的再來喔。」

從老太太穿的薄衣衫，從衣領間，可以看到脖子以下到胸部。他看到了皺紋，也看到了斑點，還有長長垂下的奶，是布袋乳，現在已是老乳脯了。

狼年記事

狼來了。

篤篤篤。

「哪一位？」

「老師，是我，李元玲。」

「進來。」

「老師。」

「怎麼又遲到了？」

「老師，對不起。」

「總是有個理由吧。」

「我騎機車，和人擦撞了。」

「騎車，那麼不小心。」

「老師，對不起。」

「妳今天來找我，有什麼事？」

「老師，關於我的論文。」

「妳先坐下，妳把外衣脫下吧。」

「是的，老師。」

狼來了。

「那是什麼聲音？」

「有幾個人在下面繞圈子。」

「在校園裡？」

「是的，老師。」

「什麼事？」

「他們說，校園裡有狼出現。」

「無聊。是系上的學生？」

「有一個，好像。」

「叫什麼名字？」

「是大學部的學妹，我不知道名字。」

「妳的論文，怎麼了？」

「老師，我還是想做比較研究。」

「比較什麼？」

「比較《聊齋》和《十日談》。」

「妳要知道，妳是國文研究所的學生。國文就是中國文學。妳研究的是中國文學，為什麼不能專心研究中國文學？難道中國文學還不夠妳研究？妳看看我後面書櫥裡的這一些書，有多少本？妳一輩子還讀得完？妳要知道，中國有五千年的歷史，有龐大的文學資產，人類能想得到的，人類能寫下來的，全在裡面。妳用一輩子的時間，也只能讀很小的一部分。我說，妳一定要做比較，也可以比較中國的，妳可以比較唐朝和宋朝。其實，這也夠大了，妳可以比較同一個朝代裡的文人，像杜甫和李白。只這二人，妳就研究不完，也比較不完。為什麼一定要去比較外國的東西？外國的月亮，有更圓嗎？」

「老師，我只是想研究兩本書。我發現這兩本書，有許多相同和不同。很有趣，也很有意義。」

「妳說研究《聊齋》，我已很不高興了。妳說，《聊齋》算是文學？盡寫一些怪力亂神。妳還拿去和西洋的比較。這不是做學問的方法。」

「老師……」

「妳的眼睛很大，看來很伶俐的。沒有戴眼鏡？」

「沒有，老師。」

「古典美人，眼睛要細小一點。」

「是的，老師。」

「不過，眼睛大一點，也好看。妳隱形眼鏡也沒有戴？」

「沒有，老師。」

「妳坐過來。對，妳把椅子搬過來。」

狼來了。

「妳的手很冰。」

「外面很冷。」

「妳沒有戴手套？」

「有。我收起來了。」

「妳沒有戴戒指？」

「沒有，老師。」

「來，我看看妳的手相。」

狼來了。

「妳的耳朵也不錯，厚厚的肉。」

「老師。」

「妳沒有穿耳孔？」

狼來了。

「老師，我是這樣想，我想從《十日談》去發現《聊齋》，再從《聊齋》去發現中國文學。」

「那是不可能的。從《十日談》去發現《聊齋》暫時不要說，想從《聊齋》去發現中國文學，就像從末節去了解根本。那是沒有意義的。」

「老師，王文彥老師說，這個方法，可以嘗試一下。王老師說一定要老師先同意。」

「王文彥是我的學生。他讀中國文學，說要出國留學。他說要去日本。日本的中國文學研究者，和中國大陸的學者有交流，那邊也有一些新發掘的材料，我勉強同意他。我想，也許他還可以從日本去中國大陸，也可以了解大陸的情況。他說要研究比較文學，我只能想到這裡。沒有想到，他由日本去法國，再去義大利，從美國回來。他拿的是美國學位。我很不高興。不過，他很懂得尊敬我這個老師，才大力推薦他回來母校教書。」

「王老師說，從中國和西方文學做比較，更能看出中國文學的精深博大。」

「不對。妳應該說博大精深。大看得見，深看不見，層次不同。現在，很多人亂用成語。每下愈況才對，偏偏說每況愈下。」

「老師。」

「妳手受傷了，怎麼不說？來，我來替妳擦藥。」

「老師，不用，不用，只有一點點擦傷。」

「這是紅藥水，不會痛。」

「謝謝老師。」

「妳沒有塗口紅？」

「我沒有，老師。」

「聽說大學部的學生都塗口紅。」

「我，有時也會塗，老師。」

「妳的嘴唇，厚厚的。以前的人喜歡小嘴，櫻桃小嘴。現代人，也會有人喜歡這種厚厚的嘴唇，對不對？」

「老師……」

「妳臉紅了，妳很容易害羞？」

狼來了。

「王文彥已同意妳的研究了？」

「老師，王老師說一定要老師先同意。」

「這一點……妳說下去。」

「是的，老師。這兩本書，都是短篇小說的形式，裡面有許多不同的故事，有形形式式的人物。從這些故事和人物，可以看出那些人物的想法，以及那時候的社會情況，和人民的生活方式。」

「老實說，我很不贊成妳研究《聊齋》。」

「……」

「蒲松齡是一個失意的讀書人。中國歷代有許許多多奇怪的，也可以說是不正經的書，就是這些失意的讀書人弄出來的。他們也讀過書，但是他們書沒有讀通，因為他們不重視聖賢書，所以寫了一些誨盜誨淫的文章。這比不懂字的老百姓，為害更大。」

「那老師，什麼是真正的，或者是正經的讀書人？」

「堂堂正正，不偏不倚。」

「大中至正。」

「妳說什麼？大聲一點。」

「大中至正。」

「對、對。」

「老師，好癢，請不要這樣。」

狼來了。

「妳說下去。」

「老師，我常想，小說能寫出廣大的民眾，寫出社會的廣大層面。」

「一個國家的構成，不是一般大眾，是少數的讀書人。用現代的說法，就是少數菁英。只有這種人，能不偏不倚，不做怪，才能寫得更廣、更深。《聊齋》寫的，都是一些不正經的事。」

「老師，寫什麼不正經的事？」

「男女的媾合。也許，應該說是野合。」

「老師有讀過？」

「有讀一點點。要批評，有時也需要讀一點……」

「老師，這兩本書，有許多相同，也有許多不同。男女關係便是研究異同的一個重點。男女關係，在文學作品中，占有最重要的分量。」

「兒女私情，登不上大雅之堂，是聖賢書所不言的地方。」

「老師。」

「我看妳的手背，還有手臂都受傷了。還有其他的地方？」

「沒有，沒有。老師，沒有。」

狼來了。

「妳繼續講呀。」

「老師，我可以先談《十日談》嗎？」

「妳就談呀。」

「《十日談》是由一百個故事所構成的。從前，在義大利的翡冷翠流行黑死病，有十個人，三男七女逃避郊外，一共十天，白天由一個人主持，十個人各講一個故事，一共一百個故事。」

「為什麼女人較多？」

「或許西方比較尊重女性。早期，中國女性完全沒有社會地位。或許女人善於說故事。」

「女人也做主持人？」

「老師。」

「我看還是擦一點藥。」

「不用，不用，老師。」

「其實，我也是很尊重女性。我的學生，也以女生為多。」

「他們每天講故事，有時有一個共同的主題，有時主題不定，由主講人自由發揮。這表示嚴密中有鬆弛，能兼顧變化和平衡。」

「《聊齋》有多少故事？不止一百個吧？」

「有四百多個，老師。」

「妳看，西洋的東西，如何能與中國的相比？中國就是大。《聊齋》是一個人寫的，對不對？」

「對。」

「《十日談》都是十個人講的，對不對？為什麼一個人能做的，需要十個人？」

「老師，《十日談》也是一個人寫的。十個人講，只是講故事的方式而已。老師，不可以……」

狼來了。

「能簡單，為什麼不求簡單？為什麼要用那麼複雜的方式？」

「老師這樣子，我不能說話。」

「那妳等一下再說。」

「老，老師……」

狼來了。

「好了，好了。妳說。」

「老師，這是結構的問題。這也是形式的美。十個人，在十天中講了一百個故事。一百個，是一個完整的數目，也是完美的數目。這一百個故事，長度也差不多。」

「長度相當，有那麼重要嗎？有話長說，沒有話短說，不正是文章的道理嗎？有長有短，富於變化，齊一只能表示刻板。」

「老師，變化和齊一，互相配合。這正是《十日談》的優點之一。」

「這是妳的看法？還是王文彥的看法？」

「我向王老師提出，他也同意從這裡做起點，做更深入的研究。」

「那妳認為《十日談》比《聊齋》好，對不對？這樣子，我不能給分。」

「老師……」

「不要亂動。」

狼來了，狼來了。

「妳很固執。不要每一件事，都那麼固執。」

「老師，我不能說話了。」

「妳不要亂動，就可以說話。」

「老師。」

「妳不想討論，那算了。」

「老師，我不是這個意思。我可以說下去嗎？」

「妳說吧。」

「老師，我，我想要強調的，是同與不同，不是孰優孰劣。」

「這一點，妳不用辯解。妳以為我聽不出來？妳的話已明顯的定出優劣了。」

「老師……」

「我問妳，這兩部書，哪一部成書較早？」

「老師，《十日談》較早，在一三五三年。《聊齋》是在清初，在一六八〇年前後，遲三百多年。」

「不要講數字，講朝代。一三……年，是哪一個朝代？」

「……」

「做學問，不能這樣。妳怎麼穿那麼多衣服？」

「老師，不要。」

狼來了。

「妳把朝代講出來。這也是一種比較。」

「老師，這樣子，我不能想。」

「妳快說。」

「一三五三年，是元朝。」

「哪一個皇帝？」

「是，是第十一代順帝年代。」

「沒有錯嗎？沒有把握，不要亂講。」

「老師，不會錯。」

「那妳多說一些《聊齋》的長處。妳要知道，中國有一個優良傳統，就是不做批評。文人相輕，是做學問最不良的態度。」

「文字簡潔。節奏明快，描述生動。更可貴的是，人物眾多，普及各階層，把當時的社會和生活狀況，生動地描繪出來。」

「《聊齋》不是重要作品，我已說過。不過，我可以看出，妳多少已摸到了中國文學的邊。妳今天講了不少話，也發表了不少意見，好像這一段話，有一部分還有一點分量。」

「老師，不要。老師，真的不要這樣。」

「我只看一下。」

「不行，不行。我不能呼吸了，老師。」

「只看一下嘛。」

「老師。」

「妳坐好。」

狼來了，狼來了。

「妳要知道，《聊齋》不是正統文學，不是我們研究範疇，是不值得研究的。」

「老師。」

「去年，有一個學生，不能順利畢業，妳知道嗎？」

「我知道，老師。」

「每一個學生，都希望順利畢業，順利拿到學位，對不對？」

「老師，我知道。」

「我也希望如此。妳繼續講，不過妳要了解我的想法。」

「老師……」

「我說，妳不要亂動。」

狼來了，狼來了。

「《聊齋》……」

「怎麼了？不要哭。妳快說下去。」

「《聊齋》題材多樣，長短不拘，寫法自由。不過有類似性高的問題。」

「我說不要批判。只講優點。」

「老師。」

「妳說類似性高，表示有些題材特別重要。比如，孔子一再講仁、講孝，就表示這是重大的主題。妳再說下去。」

「老師，《聊齋》觀察入微，描述社會百態，人物的描寫也很鮮活。」

「對，這些是重點。不過，我還要強調，對讀書人而言，《聊齋》只是雜書。在中國的傳統，讀書人三個字，是一種很重要的表徵。這一點，我要一再強調，希望妳能充分了解。至於文字簡潔，描寫生動，是文學的基本條件。《聊齋》在中國文學中，算是二流，三流，甚至不入流。不過，我不相信《十日談》可以和它相比。妳不要亂動。我本來就不同意妳的研究，不過我可以看出來妳相當用心！……」

「老師。」

「我看一下，妳這裡好像也有擦傷。」

「老師，沒有，不可以。」

「妳不戴胸罩？」

「老師，有一個同學……」

「哪一個？她說什麼？」

「對不起，老師。」

「妳不說？妳說。」

「同學說，戴胸罩……像裝甲車。」

「妳們還說什麼？」

「……」

「我不喜歡新的東西。」

「老師，我的論文……」

「妳的這很美，是班上……」

「我們班上，只有三個女生，老師……」

「不要亂想，也不能亂說。」

「是，老師。」

「妳用什麼衡量？」

「衡量什麼？」

「衡量這個。」

「捲尺。」

「聽說，還可以分級。」

「ABCD。」

「不要ABCD。」

「……」

「講甲乙丙丁。」

「甲乙丙丁。」

「妳屬什麼級？」

「E。」

「E是什麼？」

「……」

「我就知道妳不會。我要罰妳。」

「老師，很痛。」

「有人說，男人用頭腦思考，女人用胸部。我能了解。」

「老師，是戊。」

「有一點？沒一點？」

「沒有。有就是戌。」

「很多大學生，包括國文系的學生，分不出戊戌，真是天地不分，所以寫我，常常多了一點。這叫天地不分。妳知道戊戌政變？」

「老師，就是康有為、梁啟超他們發動的。」

「我反對他們。他們主張改革。改革就是否定傳統，否定中國傳統文化。」

「老師不喜歡任何改革？」

「改革就是反動。沒有改革，只有深入。孔子說仁，孟子曰義。這是人類的大道理，兩三千年來，無法改變。什麼改革？只有深入。仁義這二字的堂奧，便是全人類智慧的總結。所以我說，只有深入，沒有改革。」

「老師，孫中山先生，算不算改革？」

「我看妳很好辯，這不是做學問的正道。孫中山的功勞，是把異族趕出去，回歸正統。」

「老師，不要，好痛。」

狼來了。

「不要亂動。不動就不痛。接受深入，才是做學問的方法。」

「老師，不要，不要。」

「將來，妳很有可能當老師。這是很重要的道理。現在，這個亂世，很多人都不懂這個道理。」

「老師，不行，不行。」

「妳肚臍，形狀好。」

「老師，不要。」

「妳們女生，都喜歡穿牛仔褲？」

「我騎車，比較方便。」

「我會同意妳做《聊齋》的研究，不過這不保證及格。」

「老師，讓我……」

「妳，妳不能再拖。」

「老師，等一下，再等一下。」

「妳快說。」

「老師，中國傳統的倫理道德是什麼？」

「妳要考我？妳要詰問我？」

「老師，我只是想了解，老師和學生……」

「老師和學生是一種關係，男人和女人也是一種關係。」

「男女關係，只有夫妻關係，對不對？老師。」

「妳想研究的《聊齋》，不是寫了不少非夫妻的男女關係？」

「老師不是說不喜歡《聊齋》？」

「我對非夫妻的男女關係，想知道一點。」

「老師，西方的男女關係，是對等的。中國傳統，卻男尊女卑，是主從關係。」

「主從關係，有什麼不好？主從關係更能維持社會的良好秩序。對等就是對立。自由、平等的主張都是社會的亂源。妳看過去幾十年，台灣社會能那麼安定，妳就知道重點在哪裡了。」

「老師。」

「怎麼了？」

「男女關係，應該根據雙方的自由意志。」

「我一向如此。我有不尊重妳嗎？」

「老師，不要這樣，這樣會拉壞。」

狼來了。

「那妳自己弄。」

「老師，請等一下。中國傳統文學，女人都躲起來了。在《聊齋》，女人卻站出來了。大眾的社會應該這樣，這才是社會的真正面貌。」

「妳不會躲起來的吧。我看妳是會站出來的。」

「《聊齋》中，女人較主動了。」

「對。妳也應該主動一點。」

「《聊齋》中的女人，並不是真正的女人。她們是鬼，或者是狐。也就是說，不是女鬼，便是女狐。她們都在晚上出來，去找那些英俊的書生。老師，請不要硬拉。」

「妳說妳的。」

「……」

「怎麼了？妳不想說了？那妳回去好了。」

「……」

狼來了。

「妳說到女鬼、女狐。再說下去。」

「她們只能化身。她們只能用女鬼或女狐的身分去接觸男人，去迷惑男人。」

「妳可以是女鬼，或女狐。我都可以接受。」

「老師不是很討厭怪力亂神？」

「妳知道，那只是假借。實際上，她們都是女人。」

「老師，女鬼、女狐，也有很凶、很壞的。老師不怕嗎？」

「不怕，不怕。妳就是女鬼，或者是女狐，都沒有關係，只要妳主動一點。」

「老師，書是這樣寫的。不過，那只是讀書人的一種綺想而已。」

「綺想很美，能實現更美。對不對？」

「老師，我還要講一個故事，講實現之美。」

「妳不要再拖了。實現就是做，不是講。妳不要做緩兵之計。妳現在就做。」

「老師，這個故事很重要。《聊齋》裡出現的是女鬼，是女狐。《十日談》裡出現的是，年輕貌美的少女。」

「不會很長吧。」

「不會，不會。我只講故事大綱。」

「妳說，快說。」

「《十日談》有一百個故事。男女十人，為逃避黑死病，到翡冷翠郊外避難。」

「妳已說過了。」

「其中，第五日的第四個故事。」

「妳快說。」

「有一天，天氣很悶熱，女兒告訴父母，她想到陽台睡覺，想聽夜鶯的叫聲。父母同意。那天晚上，她的情人從下面爬上來，和她睡在一起。翌日早晨，父母去陽台看女兒是否睡好。一看，女兒跟一個男人睡在一起，睡得很熟，手緊抓著夜鶯。」

「妳是說，妳也想抓夜鶯？」

「沒有，沒有，老師。」

「那讓我先看妳的。」

「老師……」

「怎麼了？」

「老師，《聊齋》裡還有一個故事。」

「妳又要拖了？」

「老師，這個故事很重要。」

「妳坐過來。」

「坐在老師身上？不行不行。」

「為什麼不行？」

「我要先講完，要老師先了解故事的內容。」

「妳不用說，我完全了解。」

「老師，這個故事太不一樣了，也太重要了。」

「……」

「《聊齋》裡，有一篇故事叫〈犬姦〉。一個女人，丈夫出外太久，找了一隻狗來。」

「什麼？狗？」

「那個女人太寂寞了，又不敢隨便找另外的男人。」

「妳很寂寞？」

「我不是講我自己，我只是講故事。」

「妳如願意當那女人，我願意……」

「不行，不行。老師怎麼可以……」

「狗只是一種形式，鬼或狐也是一種形式。」

「老師不可以。」

「我說過，這只是形式。」

「老師，老師知道那個女人和狗的下場？」

「什麼下場？」

「他們被拖出去示眾，又被處磔刑。老師，什麼是磔刑？」

「妳真不用功。磔刑就是分屍。」

「不行。我不願意被拖出去示眾，也不願意被分屍。」

「那我們不玩狗和女人。妳先躺下來，躺在這裡。」

「這裡？沙發上？」

「對，沙發上。」

「老師，拉鍊卡住了。」

「我來弄。」

「不行，不行。太用力，會拉壞。」

「哎呀。」

「老師，怎麼了。」

「妳怎麼抓我？」

「老師，我沒有抓老師呀。」

「妳看，這不是抓痕？」

「老師，對不起。是我不小心。」

「快拉下。」

「沒有辦法，老師，我真的拉不開。」

「把它扯開。」

「不行，不行。」

「快一點，用力拉。」

「不行，拉鍊卡住了。」

「妳快，我……」

「老師，對不起，真的拉不開。」

汪，汪，汪。

「老師怎麼了？」

汪、汪、汪。

狼來了。

「老師，對不起。」

汪、汪、汪。

狼來了。

「老師，老師不能那樣子。」

「我，我是狗，我是《聊齋》裡面的狗。」

汪、汪、汪。

狼來了。

「老師，都是我不好。」

「我，我忍不住了。咿呼，呼呼呼。」

「老師，怎麼了？」

「夜鶯哭了。」

「夜鶯哭了？」

「夜鶯飛走了。」

「夜鶯飛走了？」

「不要再說，什麼都不要再說了。」

「老師……」

「妳可以做這個題目。」

「真的？老師，真的？」

汪、汪、汪。

狼來了。狼——來——了。

青椒苗

1

在埔尾盡頭，有一條水溝，寬只有五公尺左右，其中有一段，兩邊是陡坡，像兩堵壁，上面長著樹木和雜草，也有樹藤。左側較低，也有三、四公尺高，上面沿著水溝，有一條小路，只有人和腳踏車可以通行，有些段落，路不平，是岩石，人要下來牽車。

陡坡，本地叫崁，上面叫崁頂，下面叫崁腳。崁頂，路邊有一個很小的土地公廟，這裡就叫土地公崁。崁腳就流著那一條水溝。

冬天，天是陰暗的。沒有雨，氣溫很低。還有風，水溝像風管，風是順著水溝吹動，吹動著樹葉，將樹葉吹落在水溝上。

阿爐在水溝中，脫光衣服。水深只有一公尺左右，水流並不急。阿爐蹲下來，在水中尋找著。

第三天了。每天下午，阿爐一個人來這裡尋找。他蹲在水中，只有嘴勉強露在水面。他的手，在水底摸索，先固定一個點，而後把尋索的範圍向四周推廣。水還是有一點溫度，水面上要比水中更冷一些。

昨天，他摸到一塊玻璃片，手指被割了一個小傷。是酒瓶的碎片。這麼偏遠的地方，怎麼還會有酒瓶碎片？

水有點混濁，他不能睜開眼睛潛入水中尋找。他有試過，他立即感到眼睛刺痛。

今天上午，他去街上，向朋友借了一副潛水鏡。那個朋友喜歡鏢魚，有時還去深山，水清魚多的溪流鏢魚。

不知道是因為臉型有差異，還是因為沒有戴好，會有水漏進來。每次，他可以潛水一分鐘。漏進來的水並不多，他一浮出水面，拉下潛水鏡，把水倒出來。

水有點混濁，就是潛水下去，能見度有限，只能看到很近的距離，不過，可以分出黑色的石頭。

他在找一塊黑石頭。溝底有很多石頭，有大的，有小的，小石頭，大部分是圓形。黑色的石頭並不多。他找到一個，就拿到水面上，仔細的看。都不是他丟的那一塊。

他是從土地公崁上面丟下來的。每次，在下水之前，他會先在上面看看他丟下石頭的可能位置。那只是大概的位置。還有，水是在流動的，石頭也會流動嗎？丟下去的時候，甚至丟下去以後。

開始，他先找他丟下石頭的地方，而後擴大尋找的範圍。他慢慢往下流移動。

從崁頂經過的人並不多。大部分是來拜土地公的。經過的人，會探頭看看他，有時也有認識的人。

有一個女人，阿爐並不認識。她半蹲在土地公廟前面。他忽然發現，女人的屁股那麼大。有人說，大屁股的女人會生小孩。阿美的屁股不是也那麼大？卻不生小孩。

「阿爐，你在做什麼？」

認識的人會這樣問他。

「我在抓魚。」

以前，他的確在這裡抓過魚。

「抓到了？」

「有抓到小的，放走了。大的還沒有抓到。」

「阿爐，你在做什麼？」

這一次是金池，金池在崁頂探頭。金池是族親，算輩分，低他一輩，不過年紀比他大，自小就這樣叫他。

「呃，金池，你回來了。抓不少了？」

金池自小腳受傷，長大以後，走路還是一跛一跛，無法耕田，就以捕魚維生。

「越來越難了。」

金池肩膀上還挑著擔子，一邊是大型魚簍，一邊是高牆籮筐，是裝釣具和睡具，主要是棉被，和禦寒的布袋衫。以前，阿爐也出外捕過魚，都是利用農閒期間。以前，在鄰近的溪或大埤，還捕過白鰻、鯰、鯉魚，甚至鱸鰻，現在要去很遠的地方，去內山，也不一定能抓到。路越遠，出門的時間也越長，外宿一夜是正常，有時要兩夜以上，大部分是睡人家的工寮，有時找不到工寮，還睡過墓庭。在野外，那是較平、較寬的地方。

「阿爐，你在做什麼？」

金池再問一次。

「抓魚。」

阿爐回答得很小聲。

「抓魚？哈哈哈……抓什麼魚？」

「抓鱸鰻。」

「抓鱸鰻？哈哈哈，你真會騙人。」

金池笑彎了腰，趕快把擔子放下來。

「鱸鰻是不是躲在石頭洞裡面？」

「沒有錯。」

「我在找鱸鰻可以躲的石頭。」

「不是有石頭的地方，就有鱸鰻。」

「我知道。不過，我還是要找一下。」

「找到石頭魚，就賣給我，好嗎？」

金池又挑起擔子。

「好。」

阿爐回答他。

2

阿爐一早起來，用腳將床前的棕木屐往旁邊一撥，赤腳，披上外衣踏出稻埕，經過後壁溝，走上田路，往埔尾的方向步行過去。

天還是陰暗的。昨天晚上可能有下小雨，田路和田土都是濕的。路邊的草也是濕的。

自從播下青椒種子，他幾乎每天早晨都去看它，就是下雨，他也會去看。看它發芽，看它長大，再過幾天，就可以移植了。

父親留下一甲多的土地。其實，父親一直在外工作，田是由大兄帶著四個兄弟耕作，父親已過世十多年了，到了三年前他們分家，阿爐分到四分多的地。

這裡是下埔仔。這裡的田地，都分割成長條形。房子集中在一端，土地向另外一邊，也就是向埔尾的方向延伸過去。這樣子，每一戶的耕地，有近有遠，條件一樣。田是向埔尾延伸，三條水溝，由近而遠，是後壁溝、中溝和埔尾溝，和田地垂直，也就是穿過每一戶的田地，雖然有水頭水尾之分，卻每一戶都有水可用。沿著後壁溝，有一條牛車路，是通往外地的主要道路。

四個兄弟要分土地，最公平的方法，就是隔成四長條。但是，這樣分割，每一條太細，不方便耕作，兄弟同意，將土地分成四段，這樣子，離家就有遠近了。公平的方法，就是抽籤。不過，因為大兄就像父親，大家同意他分到最接近住家的一分，而後，大家也同意，依次分過去，阿爐是第四，分到接近埔尾的一段。埔，本來是草埔，是草地。埔尾那邊有墓地，也叫墓仔埔。

阿爐踏著田路，看著兩側的田。二季稻子收割以後，農民就用土地的一部分種蔬菜。這裡是赤土丘陵地的一部分，土地貧瘠，一年二季，所收稻穀，只有四十石左右。農民種菜，就是不要農地完全閒著，也可以有點收入，補貼家用。

菜都種下去了，都長得不錯。有人種捲心白菜，有人種芥菜、大心菜，有人種菜花、高麗菜。大兄種菜頭，比較省工，只要挖洞，撒種子，等菜苗長大以後，一個洞留下一兩株，把多餘的嫩芽刪掉，刪掉的還可以做炒菜或醬菜。

阿爐，越走越快。

阿爐種青椒，是偶然的。以前，他沒有種過，下埔仔也沒有人種過。去年，他去街仔買菜籽，種籽行的老闆問他，有青椒種子，要不要試種。老闆還教他一些種植的方法和要注意的事。收成不錯，至少和種同面積的捲心白菜相比，有加倍的收入。鄰居問他，市場的人問他，還有鄰村的人也來打聽。有人還向他要種子。今年，他自己留種子，他也分了一點給別人。

「阿爐，要去看青椒了？今年種多少？」

阿庚站在田路上，看著種下不久的大心菜。他是近親，是金池的二兄。

「一分地左右。人手不夠，不敢多種。」

阿爐說，已走到埔尾溝。埔尾溝過去，就是他的田。

阿爐走到苗圃，一看，人都怔住了。青椒苗不見了。會走錯路？他看看四周，不可能。青椒苗怎麼會不見了？怎麼會呢？昨天還好好的。鳥吃了？不可能。

苗圃是凌亂的，上面有許多腳印，大部分是膠鞋的鞋印。青椒苗被挖走了。一夜之間，青椒苗全部被偷挖了，只剩下零零星星的殘株，散落在苗圃上。

是誰偷挖？那麼多的菜苗，在一夜之間被挖走，不是一個人可以做到的。他們是怎麼挖的？如何搬走？

下埔仔的住戶都集中在後壁溝那邊，埔尾溝這邊，可說人跡稀少。晚上，除了巡田水，幾乎不會有人到那種地方，而現在又是農閒期間，不會有田水的問題。

從後壁溝到埔尾，因為大家要多一點耕地，把田路盡量削小，只夠一個人走，連騎腳踏車都不行。看來，偷的人，是從墓地那邊過來，也從墓地那邊走掉。

那是外村的人？阿爐想。那也不一定。誰知道他種青椒？誰知道青椒苗圃的位置？除了村裡的人，誰會知道？

市場的人知道，有人買他的青椒，也有人問過他。村裡的人，知道的人就多了。有人來看過他的青椒，也有人來向他要種子。在農村，一般都會自己留種子，不過只留自己要種的部分，有時也會多留一點。

可是，這個村子裡，就很少失竊東西。會是誰偷他的青椒苗？他越想越不清楚。會是誰？

他看到，阿泉叔的田裡那邊，有不少人，好像在種菜。

「阿泉叔，有沒有看到誰挖了我的青椒苗？」

「什麼？」

阿泉叔一家幾個人，正在施肥。他們種了高麗菜。

「我的青椒苗被偷挖走了。」

「不知道呀。」

阿爐看到阿章叔那邊，也有幾個人在田裡，又趕過去。

「不知道呀。」

阿爐忽然想到，就是村子裡的人偷他的青椒苗，也不可能種在村子裡。因為誰種青椒，就是偷他的。

他回家騎了腳踏車，在村子裡繞了一圈，有誰在田裡，他就下去看看。

「不知道呀。」

回答是一樣的。從一些人的回答，他似乎聽到，你以為是我們偷的？

他騎車子騎出村子。一個村子，已夠大了，騎出村子，東西南北，要往那個方向？

早上，他出門，沒有吃早餐，中午，也忘了吃，他不會餓，只感到口渴，在路邊，看到有人「奉茶」，他就停下來，喝一碗，而後騎車，往東西南北的走。

3

「阿爸，回去吃飯。」

秀幸站在崁頂，探出身來，頭髮垂下，輕輕搖動。

秀幸是養女。阿美和阿爐結婚五年，沒有生育，收養了一男一女，金福和秀幸。

秀幸已十七歲了，在附近的玩具工廠做女工，目前已是領班了。

金福在鎮上讀農校，已畢業。

「我還要讀書。」

秀幸說。

「女孩子，讀那麼多書，做什麼？」

阿美說。

「她想讀，就給她讀，我們可以辛苦一點。」

秀幸初中畢業，在工廠工作，下班之後，在鄰鎮讀商職，是夜間部。

「下班了？」

阿爐抬起頭問。

「下班了。阿母叫阿爸回去吃飯。」

「今天沒有上課？」

「寒假了。阿爸昨天也問過。」

在北部農村，子女叫阿爸、阿母的，並不多。在習慣上，很多子女還是叫阿丈、姨仔。

「呃，我有夠胡塗。」

「阿幸，阿母跟妳講，妳去街仔買幾件新衣服。」

「衣服，我有呀。」

秀幸領工資，都要交給阿美，繳學費，或其他零用錢，再向阿美拿。平時，她很少買衣服。

「阿幸，阿母跟妳講，過年，妳要做阿福的新娘，不能穿舊衣。」

在農村，為了省錢，也為了多一個人手，自小收養養女，長大以後，和兒子合婚，叫送做堆。實際上，是推做堆(注)，把養女推進兒子的房間。阿美收養金福和秀幸，本來就有這種打算。去年，隔壁的火生和阿霞就是這樣。

「阿母，我還小。」

「阿霞和妳同年，現在已做母親了。」

「阿母，我不要。」

「妳不喜歡阿福？他有什麼不好？」

「他是阿兄，我不是都叫他阿兄？」

「你們不是真正的兄妹。」

「可是，我是把他當親阿兄。」

阿美還是去買了一些家具，眠床、桌櫃、小型衣櫥，還有棉被，一個新尿桶。

「阿幸，妳要聽阿母的話。」

除夕，圍爐之後，阿美帶金福和秀幸燒了香，而後牽了秀幸的手。金福在房間裡等著。

「阿母，我不要。」

「不要怕。」

「阿母，我還沒有洗澡。」

「洗澡？快去，快洗。」

洗澡的地方在灶前，放著一個直徑四、五十公分，高度十幾公分的木盆，一般叫腳桶。十分鐘了，秀幸還沒有出來，也沒有聽到水聲。阿美過去一看，秀幸連衣服都沒有脫，一個人坐在矮椅上，哭著。

「阿幸，妳是乖孩子，要聽阿母的話。」

「阿母，我還沒畢業，我還要讀書。」

「讀書，也可以在家裡自己讀。像我，連小學都沒有讀，不是也活得好好的。」

「阿母。」

「不用洗了。」

阿美拉了秀幸的手，拉到金福的房間。開始，秀幸只是低著頭，跟著，到了金福的房間前面，不肯進去。阿美推著她，她還是用手抓住門框。

「阿福，帶她進去。」

金福拉了她的手，拖進去，不到五分鐘，她從房間裡衝了出來，上衣已被脫掉，只剩下內衣。

「安怎了？」

「我不要，我不要，我不要做新娘。」

「阿福，阿幸走進你的房間，就是你的某，知道嗎？管好。」

金福抱住秀幸，強行拉進房間。

「阿爸，阿爸，阿爸救我。」

秀幸高喊著，衝了出來。

「阿爐，不能管。」

「阿爸，救我。阿爸，阿爸，救我，救我。」

秀幸的內衣已被脫掉，光著上身，跪在阿爐面前，雙手抱住他。

「阿爐，你不能管。」

「我來勸她。」

阿爐說，脫下自己的上衣，包住她。

「阿爐。」

「我說，我來勸她。我不贊成用強迫。」

「阿爸，救我。阿爸，救我。」

秀幸滿面淚水，身體在發抖。

「阿幸，妳不喜歡阿福？」

「阿爸，我真的想讀書。」

「妳老實告訴我，妳為什麼不喜歡阿福？」

「阿爸，我真的想讀完高職。」

「妳阿母，很想抱孫子。」

「他，阿兄，可以另外娶呀。」

「這樣子，我們家要多花很多錢。對我們，是很大的負擔。妳阿母講妳很乖，不想讓妳離開。」

「阿兄要用錢，我存在阿母那裡的，都可以給他用。我自己，我不急，我再慢慢存。」

「妳阿母，真的不想妳離開我們，我也是。」

「我要做女兒。阿爸，阿母，不是一直將我當做女兒。阿兄另外娶，阿爸，阿母，有一個兒子，另外還有一個女兒。阿爸不是很羨慕三伯他們有八個子女？」

「阿美，我不喜歡強迫。我想，讓阿幸再想一下。」

「想？想有什麼路用？眠床做了，公媽也拜了，厝邊頭尾都知影了，我的面，要抬到哪裡去？」

「阿爸，很冷？你在發抖。」

阿爐從水溝上來，穿上放在陡坡上的衣服，攀到崁頂。

哈，哈，哈嗆。

「阿爸，你在水裡做什麼？」

秀幸脫下外套，裹住阿爐的上身。外套太小，不能穿。

「妳告訴阿爸，妳為什麼不肯嫁給阿福？」

「他抽菸，也喝酒。」

「阿爸也抽菸，也喝酒呀。」

「阿爸抽菸、喝酒，是工作之後。阿兄抽菸、喝酒，是想少做一點工作。阿兄讀農校，卻不想耕農。」

「妳想耕農？很辛苦呃。」

「我做女工，我要認真做，耕田，也一樣。很辛苦，我知道，比做女工更辛苦。我知道。」

「阿幸，我知道妳的想法了。」

「阿爸，你在找什麼？這麼冷的天氣，你下水溝裡，找什麼？」

「找石頭。」

「找石頭？」

「對，石頭，一塊黑石頭。」

4

阿爐想，實在不應該將土地公丟進水溝裡。

「我好冷喔。」

昨夜，阿爐又作了夢，夢見土地公站在他面前，全身水濕，白色的鬍子還在滴水。

有人偷了他的青椒苗，他找了幾天，沒有找到。他去王公廟拜過，求神指點，有人勸他，應該去舊鎮的大眾爺廟拜拜。

「很有效呃。」

那個人說，有人在晚上偷了他的小豬，把十一隻小豬都偷走了，他去大眾廟拜了之後，當天晚上，小偷把十一隻小豬全部送回來了。

一般的神，是保佑的神，大眾爺是處罰的神。阿爐有去大眾廟拜過。

他看到廟裡那種威武森嚴的氣氛，人都懾住了。他看到了七爺、八爺，長長伸出舌頭，也看到了刑具，還有虎頭鍘，好像做壞事的是他自己。他點了香，拜了幾下，祈求那些青椒苗，能像小豬那樣回來。

「你一定要拉拉鐵鍊，要拉響，鬼差才會動身，小偷也才會聽到，才會怕。」阿爐有看到鐵鍊，並沒有照那個人說的去拉。

翌日，他去青椒苗圃看，青椒苗並沒有回來，像小豬那樣。

「要人，也要神。」有人這樣說。

「要神，也要人。」另外的人這樣說。

下埔仔，一向是平靜的農村，以前，沒有人失竊過東西，除了金池的某，麗卿曾經偷過雞。還有，有人失竊小豬的事。還有，天送的竹筍被偷挖了。還有，阿庚的西瓜也被摘光。近日，雖然有人偷竊，不過，在村民的感覺上，下埔仔還是一個相當平靜的地方。

有人告訴他，過溪那邊，有人在種青椒，他就騎腳踏車去看。那不是青椒，是一般的辣椒。辣椒的葉子比較小。

有人告訴他，在水尾那邊，有人種青椒，他騎車過去看，那不是青椒，是番茄。番茄和青椒差很多，番茄葉子，顏色較淺，也較軟，而且呈鋸狀。為什麼會有這種錯誤？

有人告訴他，他就騎車過去，沒有人告訴他，他也騎車出去，到處看。一下東，一下西，他已跑遍了三個村子了。

在第七天，他被歐托拜撞倒了。

在鄉村，已有人開始騎歐托拜了。年輕人很多，阿爐也是被年輕人撞到，對方看來還不到二十歲。他站在阿爐面前，臉色發白，雙手垂下，嘴唇發抖著。車子還躺在路上。

「去吧。以後，騎車慢一點。」

阿爐對年輕人說。

年輕人扶起車子，騎著就走了，開始騎得很慢，而後加速，一下就看不見了。

阿爐看看自己的腳踏車，前輪已扭歪了。他半拖半抬，找到腳踏車店。

「是安怎？」

「被歐托拜撞到。」

「前輪要換。」

「好。那就換吧。」

「有沒有賠你？」

「沒有，沒有。他是一個小孩。」

「小孩才危險。亂飛亂撞。無罰他，不會驚。」

老闆一邊拆著前輪。他告訴阿爐，也是一個年輕人，撞到一個老人，撞斷了大腿骨。老人走在路側，年輕人撞到他。開始，他有認錯。不過，後來警察改了筆錄，說年輕人沒有錯，是老人自己走到路中間。

「為什麼改筆錄？」

「可以減輕責任，可以減少賠償。」

「警察怎麼可以改筆錄？」

「年輕人的父親，是鎮民代表。」

「呃。後輪呢？」

「還可以。」

老闆用手，將後輪轉了一下。

「我沒有帶錢出來。」

「你是阿寶的小弟？有出來，再拿來就好。」

阿寶是大兄。

卡，卡。

怎麼會這樣？後輪還是會卡到輪蓋。阿爐下車，將後輪的輪蓋往上拉了一下。

卡，卡。

還是會卡到。要回去再修理一下？

「怎麼會這樣？」

市場裡，賣豬肉的阿欽曾經告訴阿爐，他賣私宰豬肉，被警察抓到，不報，罰金的部分，一人一半。阿欽時常賣私宰豬肉，警察不再抓他，以後，警察的太太來買豬肉，阿欽都不敢收錢。

「怎麼會這樣？」

卡，卡。

警察要豬肉是小事，省議員去銀行借錢，一下就一百萬。一百萬可以買三甲的田呀。

卡，卡。

阿爐騎車到土地公崁。土地公廟很小，比他還矮。父親說過，這座廟已很久了，父親小時候已經有了。不，更早，父親的阿公告訴父親，他小時候就有了。他們的祖先來這裡開墾的時候搭蓋的。

土地公是警察，阿爐一直有這種想法。土地公不是大神，卻是人民最親近的神。現在，平靜的農村，好像越來越不平靜了。土地公，是不是像警察，越來越不盡責了？

土地公廟裡面，有一個小小的壇，前面有一個小小的香爐，香爐裡有香腳。壇上坐著六尊土地公，都很舊，中間的一尊是一塊石頭，黑色的石頭，只有五、六吋高，下粗上細，有個頭的樣子。其他五尊是木刻，黑石頭左邊的那一尊土地公，鬍子很短，眼角有一個黑點，也許是被香燒到。

父親說過，中間那一塊石頭土地公，是最先的，就是建造土地公廟時，因為太窮，買不起土地公，就從前面的水溝裡，找到一塊有一點人樣的石頭，供奉起來了。

忽然，他看到短鬍子的土地公，在眨眼。怎麼可能？那是因為祂的眼睛有個黑點？忽然，六尊土地公都在向他眨眼。連那沒有眼睛的黑石頭。他再看，並沒有。

他有一種感覺，下埔仔這個地方，越來越不平靜。是不是因為土地公偷懶，沒有盡責？

他又看到，那尊短鬍子的土地公，向他眨眼。不但眨眼，還動了嘴角，向他微笑。在笑他嗎？六尊土地公都在向他微笑，好像還笑出聲來。

他伸手抓起短鬍子的土地公，祂的嘴沒有動。土地公的雕像，一向都露出微笑的。他把土地公放回去。

哈哈哈。

這一次是中間那尊黑石頭。他將祂抓起來，有點涼。他看不到祂的眼睛，也看不到嘴。他將祂放回去。

哈哈哈。

他再將祂抓起來。

「幹！」

他用力將祂丟進下面的水溝裡。這時，他發現自己講了粗話。他有這種習慣，牛不肯走，他先罵一聲，不願意隨便打牠。

「不好了，土地公丟掉了。」

是阿坤嫂最先發現的。

「怎麼辦？」

開始，大家亂成一團，而後分頭出去找，像阿爐找青椒苗那樣。

「被人家偷去做骨董了。」

鎮上的大廟，就有金牌被偷。現在，有人偷到小廟裡來了。

「那是我們的祖先留下來的。」

有人說，大家又分頭出去找。

5

「阿爸，回去吃飯。」

秀幸站在崁頂，一手提著籃子，一手挽一件舊大衣。阿爐記得，那是父親留下來的。

金福帶了一個女孩回來，沒有正式結婚，不過已懷孕了。阿美很高興，她快要做阿媽了。

「阿爸，你可以告訴我，你在找什麼？」

上次，秀幸問過他。

「石頭。」

「石頭？是不是那個土地公？」

「對。」

阿爐小聲回答。

今天，風很大，比上次還要大，阿爐想要站起來，又蹲下水裡。

「阿爸，你等一下，我下去。」

「不要下來。」

秀幸將籃子放在崁頂，人攀著樹枝，很快從陡坡的隙縫下來。

「阿爸，你可以上來了。」

秀幸手裡拿著舊大衣，把它拉開。

「我，我沒有穿褲子。」

「沒有關係。」

阿爐轉身，想倒著上岸。因為姿勢不對，沒有辦法上去。

「阿爸，你可以面向我這邊。」

「那妳？」

「我把臉轉過去。」

阿爐上岸，秀幸還是轉過來，拿舊大衣裹住阿爐，再將擱在樹枝上的衣褲拿給阿爐。

「阿爸，我現在是女兒，對不對？」

「妳本來就是女兒。」

「如果我做了媳婦，就有不方便，對不對？」

「妳籃子裡，放什麼？」

阿爐和秀幸，上來崁頂。

「阿爸，你猜。」

「點心。」

「不是。」

「水果？鳳梨？」

秀幸領錢，有時也會買一些水果回來。阿爐最喜歡吃鳳梨。

「也不是。」

秀幸拿開蓋子，裡面坐著一尊土地公，新的土地公，是木刻的。

「安怎有這尊土地公？」

「我在鎮上買的。老闆說，佛公不能蓋蓋子，我怕人家看到，讓土地公委屈一下。」

「老闆有講，女人不能請佛公，我講阿爸很忙，回去，我會請他安奉。阿爸，我這樣做，阿爸會生氣？」

「我安怎麼會生氣？」

「土地公會生氣？」

「也不會生氣。」

阿爐將土地公捧出來。這一尊雖然不大，卻刻得很好，眉目清楚，嘴角還露出微笑。

「要放在那個空位上？」

「不是。要放在邊邊。祂是新來的。空位還是要留著。」

「阿爸，你還要找？」

「要。」

「阿爸，天氣這麼冷，夏天再來找，好不好？」

「怕會被水沖掉。」

「那是石頭，也會沖掉？」

「水大的時候，石頭也會沖掉。還有，上面也會有土石掉下去，怕把祂蓋住。」

「阿爸，真的，夏天再來找好不好？如果找不到，我們再去找一個黑色的石頭，拿去給人家刻一下。」

「……」

「阿爸，土地公不會被沖走的。祂不是要保護大家嗎？祂不是喜歡留在這裡嗎？」

「可是……」

阿爐又想到了警察。

「夏天，水少了，也容易找。」

「好了，好了。」

阿爐先將土地公安放好。

「妳有帶香？」

「有，有。」

阿爐點香，先拜幾下，再分三支給秀幸，她也站在後面拜了幾下。

「阿爸，很好看，是不是？」

「是呀，很好看。」

「阿爸，苗圃裡，還有一些青椒苗，沒有完全被挖走的。」

「那安怎？」

「阿爸，我明天放假。明天早上，我們一起把那些剩下的青椒苗種上去，好不好？」

「只剩那一點。」

「剛才，我從那裡經過，他們都長得很好。不多，我們還是將它種下去，好不好。」

「好，好。」

注：書法家林政輝兄指正，「推」的正確寫法是「捒」或「㨄」。

大和撫子

防空演習

「勺少一點。」

阿財姆對川口秀子說。

防空演習。人在馬路上排成兩排，遞水桶。一排是內地人，一排是本島人。以婦女為主。在舊莊，內地人有郡役所和街役場的官員，都住在郡役所後面的內地人宿舍區。這些婦女，除了上市場和參加官方的活動以外，較少在街上出現。另外，有國民學校的老師，住在學校附近。

防空演習已舉行過多次了。據說，敵人會先用炸彈或艦砲攻擊，那時要躲起來，等攻擊中止，再趕快出來救人和滅火。

救人用擔架。防衛團的團員，抬著擔架在街上跑來跑去，抓住一個路人，就施予急救，或用擔架抬走。被抬上擔架的人，笑嘻嘻的。也有人背著防毒面罩。

滅火是用砂和水。防衛團的團員扛著水管，把它解開，接在消防栓上，把水噴向天空。

砂和水都是滅火用品。每家門口都備有小水缸和小砂坑。火災發生，用水沖，用砂蓋。遞水遞砂是滅火的基本動作，每次演習，民眾都在街上排成長龍，把砂和水從源頭傳遞過去，傳到起火點，用以滅火。內地人認為，這是必要的基本動作，連運動會都有提水桶和扛砂包的競賽項目。警報有警戒警報和空襲警報。長的一聲是警戒警報，連續十聲是空襲警報。警戒警報是敵機出現在台灣附近，空襲警報是敵機已到上空。

他們印好圖畫，教人民如何識別敵機，包括機型和機種。敵機來襲，要先躲到防空壕，所以他們提供公用場地，像公園，讓人民蓋防空壕。

他們也在馬路兩側，沿途挖好圓坑，可以躲一人或兩人，萬一在路上碰到空襲，可先躲起來。來不及躲避，人要趴在地上，手肘托地，用手指按住眼睛和耳朵，腹部不能觸地，避免爆風和震動的傷害。

為了防止轟炸時，爆風引起的震動，震破了玻璃，玻璃窗上都貼上紙條。

為了受傷需要輸血，每個人身上都結著一個小木牌，上面寫著姓名和血型。

「什麼血型？」

川口秀子問過石世文。

「O型。」

「我A型。你可以輸血給我，我都不能給你。我是拿的，你是給的。」

「勺少一點。」

川口秀子是國民學校六年級的學生。本來，國民學校是由公學校和小學校改名的。表面上是一致了。不過，在舊莊，舊莊小學校改成舊莊國民學校，舊莊公學校改成舊莊東國民學校。多一個「東」字，表示差別。

川口秀子是由台北疏開來的，住在她舅父阿財伯家。她是第一棒，負責用水桶從水槽裡勺水，遞給第二棒阿財姆。阿財姆是阿財伯的後妻，是川口秀子的阿妗。

主辦者將內地人和本島人分開，是有競賽的用意。內地人人口少，人與人的距離較遠，每個人都要跑幾步，才能將水桶遞給下一棒。本島人可以手接手地遞過去。

「只是演習嘛。」

本島人一邊遞水，一邊笑。

「真正空襲，這有什麼用？」

「少一點。」

川口秀子每勺一桶，阿財姆就埋怨一句。川口秀子並不加理會，她的眼睛一直注視著內地人的隊伍。本島人，人多，距離短，多勺一點，也不很吃力。一定要贏內地人。

內地人也不認輸。他們人少，距離遠。他們都用跑步。他們了解主辦人的用意，多一分準備，少一分損害。雖然是演習，她們還是把它當真的。

篤篤篤。

晚上有人敲門。

川口秀子開了門，有兩個防衛團團員。他們說，她的家有燈火漏出去。

燈火管制也是一個重點。門窗都要用厚窗簾遮住，天窗要用木板做拉門，是活動式的，白天可以拉開。電燈泡要罩上長長的布罩，還有人發明一種特別的燈泡，整個燈泡從裡面漆成藍色，只在下面留下一個銅板大的透明部分，燈光從那裡照下來，成一個小光束。

燈光是從阿財姆的房間洩漏出去的。

「那一點點光。」

阿財姆正在屋裡搓圓子。戰時，物資缺少，剛好有親戚送來了一點糯米。米是管制品，糯米好像沒有。

「香條尖那麼一點的光，敵人從空中的飛機就可以看到。」

「對不起。」

川口秀子向防衛團員道歉，說她會立即改善。

防衛團員離開之後，阿財姆告訴川口秀子，她去過廈門，是有見過世面的人，這種小事不值得大驚小怪。她又說，這只是演習，敵人的飛機來了，頂多把所有的燈全部關掉就好了。

沒有錯，她去過廈門，當了人家的姨太太。

「我過橋，比別人走路還要多。」

川口秀子聽得出來，是在說她。

「做人姨太太，也算是過橋嗎？」

有一次，川口秀子還問過石世文。

以後再有演習，阿財姆就叫川口秀子排到後面。可是川口秀子卻跑去內地人那一邊了。

阿財姆吃飯有一種習慣，喜歡拿筷子在菜裡翻。川口秀子對她說，日本人都要分菜，不得已也要用一副公共的筷子或湯匙。

阿財姆說。

「免假仙，真正的日本女人是不穿褲子的。」

壞巴

壞巴

有人用瓦片在公會堂的圍牆上寫著。

公會堂是一個建築物，四周種有多種樹木和花草，成為一個小公園，加在一起也叫公會堂。

公會堂的大門向西，前面有一個小廣場，從小廣場出去，有一條大路，交叉成T字形。那條路，只有一百多公尺長，由北向南，由媽祖宮通往大水河，可算是媽祖宮前面廣場的延長，也是舉辦廟會演戲的場所。路的南端是石階，往下到水面，船可以停靠，裝卸貨物。

公會堂的南側是大水河。公會堂地勢較高，和大水河之間有一斜坡，居民叫港坪，是用紅磚串聯而成的河堤，這種紅磚河堤，在台灣是少見的。舊莊，以前是港埠，對著外港淡水，叫它內港。現在因為河沙淤淺，中型以上的船隻已不能進來，不過，舊莊的人還是稱河為港，河堤叫港坪。

公會堂的東、北兩側，和住家相鄰，築有一公尺多高的水泥圍牆，圍牆和住家之間，有一條可供拉車行走的小路。圍牆是一堵一堵的，有人喜歡在上面亂寫亂畫，有小學生寫同學的綽號或壞話，也有人畫飛機、坦克和軍艦，都是日本的，也有人畫動物和人。有人畫男女拉手。男女拉手不是常見的。也有人畫性器，畫的以男生為主，所畫的也以男人的性器較多。有的畫得很誇張，把毛都畫出來了。作畫的工具，以瓦片最多，因為隨時可以撿到，也有人用木炭或粉筆。

「壞巴」，也是用瓦片寫的，是日本片假名。石世文知道，壞巴就是史特布爾壞巴。在戰時，缺少棉和羊毛，多由人造纖維代替。這種代替品，品質較差，容易破損，是次級品，也是劣級品。

除了紡織品以外，也有其他的代替品，像皮革。有用豬皮，甚至用沙魚皮。石世文穿過沙魚皮的皮鞋，淋了一次雨，就完全變形，再也不能穿了。

石世文知道，「壞巴」是指他。在「壞巴」的右側，畫了一朵櫻花，是他的校徽，在左側較低的位置，畫了一高女的校徽。目前，在舊莊讀第一高女的只有一個人，就是川口秀子。

在戰爭末期，日本節節敗退，台灣已在米軍攻擊範圍，日本政府為了減少損害，督促人民疏開。住台北的人疏開到鄉下。有人疏開到舊莊，像川口秀子，也有人疏開更遠，到農村或山邊。有人從台北疏開過來，也有人從舊莊疏開出去。

川口秀子從台北疏開到舊莊，住在石世文家的隔壁，阿財伯家。她是阿財伯的外甥女。她和石世文同年，都是今年四月考進中學一年級。石世文第一次考州立商校，沒有考上。考試沒有筆試，只有口試，題目對內地人或日語較好的本島人有利。石世文從鄉下去，一共有六個人，沒有一個考上。

石世文再去考私立中學，台北有兩個私立中學。考試很簡單，老師把考生集合在操場，先叫姓名，再叫學生掛掛單槓。那時，各種行業都差不多停業，沒有人收學徒，很多國校畢業生都去應考，從舊莊就有二十多人去，全部錄取了。

川口秀子不但考上州立學校，而且是以內地人為主的第一高女。一般本島人，讀的是第三高女。所以，在川口秀子心目中，石世文自然是次級品、劣級品，是「壞巴」了。

石世文見過川口秀子。川口秀子身材略矮，皮膚白白的，眼睛大，眉尾黑而細，嘴唇略厚，中間稍微聳起，呈山形，有點像百步蛇。她的身體不算胖，不過小腿較粗，算不算蘿蔔腿，石世文也不敢確定。

平時，石世文和川口秀子都穿便服，只有上學的時候才穿制服。川口秀子知道他所讀的學校，較可能，是在巴士上。

他們入學是在四月初。那以後，米國飛機出現在台灣上空的次數，也在增加。開始，大部分是偵察任務，較少直接攻擊。上課的情形是完全視警報而定的。

石世文拿了瓦片，用力劃掉「壞巴」。但是，怎麼劃，在他的感覺，還是可以看到痕跡。他勺了一些水潑上去，再用草葉擦它。

過了一天，他又看到在另外的牆上寫著「壞巴」，而且寫得更大，也更濃。

那斯比

石世文很不服氣，在第一高女的校徽旁邊寫了「那斯比」三個片假名。他只知道「那斯比」是茄子，他也知道那是代表一個私立的女學校，但是不真正知道「那斯比」的涵義。

「馬鹿，我不是那斯比。」

川口秀子的回答。

梅干次郎

「不改姓名？」

川口秀子用日語問石世文。

「為什麼？」

「要做日本人。」

「不是日本人了？」

「做真正的日本人。做一等國民。」

「有向父親提過。」

「怎麼回答？」

「沒有回答。」

「沒有回答，就是不想改姓名。」

「父親有一次提過，祖先下來就姓石，改了就完全接不上去了。」

「可以留住呀。林，日本也有這個姓，只是讀法不同。如果想分得更清楚，可以改成小林，或大林。吳也一樣，也是讀法不同。」

「國民學校的同級生，有一個姓吳的，改成吉田，完全看不出來了。」

「他們想徹底成為日本人。」

「有一個姓楊的，改成柳村。」

「呃。他們很有學問。漢字，楊和柳是相似的。」

「那妳為什麼改川口？」

「我本姓呂。我父親是想留住。呂有兩個口，川口是三口，不但留住兩口，還多了一個。不僅如此，父親出生淡水，是河口，河和川同音，也同義。不但留住姓，還留住地名。很有意思吧。」

「可是……」

「可是怎樣？」

「可是，外人是看不出來的。」

「要用一點腦筋呀。」

「聽說，日本人結婚之後……」

「要說內地人。我們都是日本人。」

「呃。聽說，內地人結婚之後，女的要改姓。」

「男的也可以改姓呀，改姓女人的姓。入贅就這樣呀。」

「如果內地人嫁給本島人？」

「也要改姓呀。」

「要改姓吳，或姓林嗎？」

「對呀。如果是我，我要對方先改姓，不然就姓我的姓。」

「為什麼？」

「馬鹿，我不是說過，要做真正的日本人。」

「石，怎麼改？」

「如果不留，什麼都可以。只要日本的姓就可以。岩是大石頭，岩也可以。岩波不是很有名嗎？石本身，也有很多，石井、石川都是好姓，都出過有名人。石川啄木，知道他嗎？」

「不知道。」

「不知道？是一位很有名的詩人，很年輕就死掉了。」

「幾歲？」

「二十多歲。」

「呃。」

「聽說，你原來姓李。」

「嗯。」

「那你也改過姓了？」

「過繼給阿舅，自然姓阿舅的姓。阿舅並沒有改姓。我只是跟著他。」

「姓李那邊，也沒有改？」

「對。李要怎麼改？」

「內地人好像沒有姓李。不過，李和櫻、梅、桃相近。櫻有櫻井、櫻田。有一位叫櫻町天皇。梅就多了。梅崎、梅田、梅原、梅村。桃有桃井。也有一位桃園天皇，就是櫻町天皇的兒子。有背過萬世一系的天皇的名字？」

「有。神武、綏靖、安寧、懿德……也會倒著背呀。」

「你喜梅干？」

「喜歡。我什麼都吃。」

「在李家，是老二？」

「對。」

「那可以改做梅干次郎。」

「……」

「不要生氣。不是有桃太郎，浦島太郎？梅干次郎有什麼不好？」

「……」

「吃過日の丸弁當？」

「吃過。」

「白飯，中間有一顆梅子那一種？」

「有。」

「梅干代表日丸，日本的國旗。你在哪裡吃過？」

「國民學校六年，有一次去遠足，先生帶了弁當，菜只有一個梅干，放在飯的正中央。先生說，這叫日の丸弁當，還分一點梅干給我。」

「先生是內地人？」

「是本島人。」

「有改姓名？」

「沒有。」

「姓什麼？」

「洪。他家有兩個姓，哥哥姓林。」

「哥哥也沒有改姓名？」

「沒有。」

「非國民。」

「為什麼？」

「他是先生吧？應該做學生的模範。一組有多少人改姓名？」

「……」

「怎麼了？」

「在算。有十個。」

「只有十個？一組有多少人？」

「八十個人。」

「什麼？一組有八十個？八十個學生？」

「對。是受驗組，學生較多。要考中學的，都擠進來了。」

「一年有幾組？」

「五組。」

「每一組都八十個學生？」

「其他四組，不是受驗組，學生少一點，也有七十個以上。」

「全年五組，學生快四百個了？有多少人改姓名？」

「十個。」

「不是說，你那一組就有十個？」

「只有受驗組有人改姓名，其他的組沒有。」

「一個也沒有？」

「沒有。」

「為什麼？」

「這裡是舊莊呀。台北很多嗎？」

「一、二十個。每一組一、二十個。」

「那也不多。」

「先生是本島人或內地人？」

「只有受驗組是本島人，其他四組都是內地人。」

「什麼？內地人的先生也不管改姓名？」

「好像不管。」

「真是。真是無法了解。」

鬼畜米英

有人做了兩個稻草人，放在郡役所的前庭，再用白布裹住頭部，畫出五官，穿著用同樣白布縫成的衣服，一個瘦、一個胖，一看就知道是米國的羅斯福和英國的邱吉爾。

稻草人是固定在一個木架上，只有上身，兩個都在胸前釘上一個布塊，上面寫著鬼畜米英。為什麼沒有蔣介石呢？有人問。蔣介石不是主要敵人，有人回答。

在木架上，放著幾件武器，有木劍、竹刀和竹槍。竹槍可以做古代的長槍，也可以做現代步槍上的刺刀。

戰爭已打三年多了，米軍已上陸菲律賓，並奪回馬尼拉了。米軍已可以菲律賓做基地，繼續北上。

菲律賓離台灣那麼近，比日本本土近，甚至比沖繩近。米軍由菲律賓出發，攻擊台灣，是很輕易的事。實際上，米軍的飛機空襲台灣的次數，也越來越多了。

米軍會直接攻擊台灣嗎？會在台灣上陸嗎？

如果米軍攻台灣，日軍會不會真的戰到一兵一卒，真的會玉碎？

日本的戰報，是由大本營統一發表的。根據大本營發表，去年就有塞班島等地陷落。塞班島是日本屬地，住有不少日本平民，包括婦女和兒童，他們都沒有投降，一起玉碎殉國。

根據大本營發表，在塞班島之前，有北太平洋的阿茲島玉碎，繼著塞班島，又有丁尼安島、關島等玉碎。較近的是硫磺島。這些島嶼，現在都變成米軍的基地了，米軍的大型轟炸機由那裡起飛，直接空襲日本本土，包括東京。

米軍會在台灣上陸嗎？

戰爭越持久，對日本越不利。日軍在人員、武器和物資方面都有越來越不足的感覺。日本政府為了儲蓄資源，戰爭初期就向民間徵收各款金屬，包括金銀等貴金屬。此外，他們也徵收廟寺的鐘，把民間的窗格子也都拿走了。這些物資，有的作為財源，有的直接製成武器。

去年，日本用神風特攻隊攻擊米國軍艦。用一架飛機換一艘軍艦。大本營也一直報導輝煌的戰果，讚美這種視死如歸的精神。

有人說，日本已沒有軍艦可以和米國打仗了。

怎麼可能呢？

每次戰役，不管是空戰或海戰，日本軍不都大勝利？米軍不都是損傷慘重嗎？

不管戰果如何，戰爭越來越接近台灣是事實。

如果米軍上陸，怎麼辦？

要打仗呀。要抗戰呀。

用什麼打仗？

經過三年多的戰爭，日本在武器方面耗損很重。軍人仍然用武器打仗，那人民呢？木劍、竹刀、竹槍都可以做武器。在武士時代，就是這樣打的。戰爭，除了武器之外，精神也非常重要。他們把兩三公分粗的竹子，削尖末端，當作長槍、刺刀，一旦米軍上陸，就可以用這些做武器，和他們拚命。用任何方式抵抗，用任何方式阻止敵軍，都是國民的責任。

石世文就住在郡役所對面。第一天，有教官在那裡示範，教人如何使用武器，教人如何握刀，如何比劃，還親自糾正人民持武器的姿勢。他也教人如何瞄準和攻擊敵人的要害，像脖子、胸部、手腕，並做一些斬首式劈刺的動作。有人說，敵人用飛機，用軍艦，用大砲，日本人卻用木劍和竹刀，如何去應戰？不怕死是最好的武器，每一個人都能視死如歸，敵人就無法得逞了。

「唉，呀。」

經常有人在那裡揮刀舞劍，較多的是年輕人。

為什麼是鬼畜米英？日本人不是常說，打仗要正正當當嗎？不是要尊敬敵人嗎？為什麼要用這種話去辱罵敵人呢？這也是提高士氣的辦法嗎？這也是戰爭的手段嗎？

開始，人比較多，要排隊。漸漸，人也越來越少了。石世文也上去比劃幾下。雖然是稻草人，使用假刀假槍，有使不出力的感覺。

「唉，呀。」

教官說過，只要大聲一點就對了。大聲叫喊，勇氣就會自然湧出來，力量也會出來。

在第四天，川口秀子也來了。她穿著白衣、黑長裙，是女子的武藝服裝，額頭還結著叫「鉢卷」的白布條，手握薙刀（掃刀）。這是日本女子的武裝。

她先蹲下身，緊閉嘴唇，眼睛瞪著稻草人，而後緩緩起身，迅速向前跨出幾步，用薙刀向稻草人劈過去。看來，她在學校有學過的吧。

「唉，呀。」

她一進一退，忽高忽低，用薙刀向稻草人劈過去。她瞄準敵人的頸部、手部、胸部、肢間。

「唉，呀。」

川口秀子曾經對石世文表示過，如果米軍上陸，她如不戰死，也一定會自殺的，在日本，一個城在陷落之前，所有的女子都要自盡。這就是日本女子，就是大和撫子。

川口秀子還說，支那兵臨死時，叫媽媽，日本兵臨死，都喊天皇陛下萬歲。為國犧牲，是國民的最高榮譽。

四月一日，米軍繞過台灣，上陸沖繩了。米軍為什麼繞過台灣？他們還會回頭過來嗎？石世文感覺，以前，敵人是在南方，現在是在四周了。

再過幾天，米國羅斯福大統領突然死掉了，聽說是因為心臟病。有人在歡呼。還有人說，他們曾經用竹槍刺到羅斯福的心臟。

大空襲

嘟——

一長聲的警報，是警戒警報。

嘟、嘟、嘟……

連續十短聲，是空襲警報。

嘟、嘟、嘟……

這一次，不是防空演習，是真正的警報。只是警戒警報，而且很快就解除了，比演習的時間更短。不過，大家都了解，戰爭已接近台灣了。民眾開始慌張起來了。怎麼辦？阿財姆開始殺雞鴨。一隻雞，一隻鴨。一般民眾是逢年過節才殺雞鴨。阿財姆和一般民眾一樣，也自己養幾隻雞鴨都還沒有完全成長。沒有完全成長的鴨子，細毛很多，很難拔乾淨。

有人問她，為什麼？

「做鬼，也要做飽鬼。」

阿財姆是阿財伯的後妻，去廈門賺食，後來做人家的姨太太，到了支那事變發生以後，才回到台灣，再嫁給阿財伯。

她的身材比一般婦女高些，皮膚也白，喜歡穿絲絨的旗袍，不管是豬肝紅或深藍色，都能把白色的皮膚凸顯出來。她在街上走，一般民眾，尤其是婦女，都會用羨慕的目光，多看她一眼。

阿財姆喜歡打四色牌，只要有時間，就打牌。除了打牌，也喜歡吃不同的東西，她喜歡吃鱸鰻，喜歡吃白鼻狸，喜歡吃燕窩。她用很多的時間去挑燕窩裡的細毛。她說，有毛才是真的。

阿財姆很喜歡吃水果，常說台灣的水果不如廈門的。她說，廈門的樹梅像李子那麼大，又甜又多汁，不像台灣的，又酸又澀。她最懷念的是水梨，她認為山東的水梨是全世界最好吃的。她喜歡剛出來的水果，像枇杷，像荔枝。有人問她，為什麼不等幾天，等盛產再買，又好吃，又便宜。

看她殺雞鴨，有人對她說，米國的飛機就是真的丟下炸彈，也不會丟在舊莊這種小地方，更不會炸到她，就是真的炸到了，多吃一口和少吃一口有什麼差別？誰要做餓鬼？做餓鬼很難受的。

川口秀子在背後說，這就是「妾根性」（細姨心態）。

以後，不但是警戒警報，接著就是真正的空襲警報。出現較多的是Ｐ３８和葛拉曼。

Ｐ３８是雙胴的，是戰鬥偵察機，性能優越，飛得又高又快，日本的飛機好像不敢接近。

「空中戰。」

有人喊。

「擊墜。」

又有人喊。

石世文想，一定是米國飛機被打下來了。結果正相反，被打下來的是日本飛機，是被葛拉曼打下來的。

五月三十日，天氣晴朗，一早，台北附近就發出警報。

「敵機。」

十點多，石世文在公會堂的港坪上面，看著台北的方向。港坪上有幾個人在遠望，川口秀子也在。這一次引擎聲較低沉，是轟炸機。從港坪上可以看到總督府的尖塔。有六架飛機排成橫的一排，從那邊飛過來。高射砲的砲彈在飛機的四周炸開，在天空上留下一朵朵像花的砲煙。從兩個垂直尾翼判斷，是B24。

「擊墜。」

忽然有人大聲喊出來。

石世文也看到，最左側的一架飛機，突然中彈，在空中解體，飛機的碎片，在陽光下，閃著銀色的光，迅速掉下來。

「萬歲，萬歲。」

川口秀子舉起雙手喊著，也有人跟著。

翌日，五月三十一日上午，天氣依然晴朗，可說幾乎沒有一片雲。石世文照常去台北上課。學校是有開的，不過一發出警報就停課。

過了台北橋，警報又發出來了。他看到高空中有一架Ｐ３８飛過。今天又停課了。他和一個同學一起回家。

他走路經過台北橋，到了二重埔，米國的轟炸機開始炸台北市了。這一次，也是Ｂ２４。三架飛機，排成橫排，一波一波，把炸彈投下，而後飛過大水河，從他的頭上飛過去。

目標可能是總督府，炸彈都在附近爆炸。他在二重埔，實際上和台北只隔一條河。他可以清楚的看到炸彈掉下的情形。

米國飛機是一波一波的來。飛機一來，他就躲在路的兩邊挖好的小圓坑，有一個圓坑可以躲一人或勉強擠兩人。

他知道炸彈是往前落下的，所以飛機飛到頭頂上就安全了，他就從小圓坑出來，再往舊莊的方向行進。

「再看一下。」

石世文的同學姓高，家裡是演布袋戲的，到了戰時，就完全停演了。

石世文有點怕，不過他也很想看。炸彈一掉下來，依次往前掉，也依次往前炸開。先看到爆炸，再聽到聲音。

總督府被炸到了，冒煙了。煙越來越濃，也越升越高。也可以看到火焰了。

他回到舊莊，轟炸已停止了。他走到公會堂的港坪上，看著昨天米國飛機被擊落的地方，以及現在的總督府，一股火柱已升到半空中，整個天都染成紅色，火一直燒到黃昏，天已轉暗以後。

有人說，米國飛機大舉轟炸台北，是為了報復昨天有飛機被擊落。有人說不對，昨天米國飛機是編隊飛越台北，演習如何有效轟炸。

那天晚上，消息傳來，川口秀子的父母和唯一的弟弟被炸死了。他們躲在防空壕裡面。內地人說，要躲進防空壕才安全，躲在防空壕裡只怕直擊彈。不幸，她的父母和弟弟就是遭到直擊彈，整個防空壕被五百公斤左右的炸彈炸開，連屍體都沒有找到。

川口秀子的父親在圓環附近開一家漢藥店，本來也計畫一起疏開到舊莊，因為雖然是戰時，還有一些生意，不能完全停歇。他認為，賣藥也是救人，沒有想到空襲來得那麼快。

翌日，石世文又去上學。學校沒有被炸，不過先生沒有來。回途，他繞了一點路，去看被轟炸的地區。

他看到許多房子倒下來了。有的只剩下牆壁，有的牆壁只剩一半，有的完全沒有。因為大部分房子是磚造，只剩下一堆一堆的紅磚。在廢墟裡，可以看到一些家具，有的還完好，有的支離破碎，有眠床、有桌椅、有佛桌，都蒙上灰塵，有人在那裡尋找，有人在清理，一邊哭泣著。

在馬路上，在房屋裡，還留下像小水塘的大坑洞。那是大型炸彈炸出來的。有些地方，水管破裂了，從水管噴出水柱，有的坑洞已淹滿了水，像真正的池塘。在廢墟裡面，不少地方還在冒煙，還可以聞到熏味。

在瓦礫中，可以聞到一股股微弱的腥味，會是人的血和肉的味道？

他看到一座教會，也被炸到了。一堵牆壁已完全沒有了，教堂裡面的桌椅都露出來了。聽說，也有寺廟被炸到了。

米國人也炸教堂嗎？是有意？還是無心？

在教堂附近，有一家私立女中，有人叫它「那斯比」。川口秀子說他是「壞巴」時，他說她是「那斯比」，她還罵他「馬鹿」。在她心目中，州立和私立相差很大。自那以後，他似乎有一點了解「那斯比」的意思了。

聽說，川口秀子的家就在教堂附近，會是哪一家？現在，她是不是也在現場，像其他趕來處理現場的親人？他不知道正確的位置，他會碰到她嗎？

他從台北橋走路回家。他發現左側的人行道上有一個直徑一公尺多的洞。那是炸彈穿過的，炸彈沒有爆炸。那一個洞，露出了鐵筋，從那裡可以看到河面。

川口秀子的父母和弟弟被炸死的時間，應該是中午前後，也正是吃午餐的時間。

「他們有吃過飯嗎？希望他們有，才不會做餓鬼。」

阿財姆說。

照理，應該是還沒有吃飯，因為空襲從十點多開始，大家躲進防空壕的時間，應該早一點。

自從那次空襲以後，每次發出警報，阿財姆就率先躲進防空壕，也會準備一些她喜歡吃的。石世文發現，她拿起食物，手還會不停地發抖。

督鼻仔

「督鼻仔掉下來了。」

有人在舊莊的山區發現米國飛行員的屍體，用手拉車運到郡役所來。石世文也跟著民眾到郡役所的後面去看督鼻仔。沒有錯，已有不少民眾，在郡役所後側的紅磚建築物的一角，圍了好幾層，從人縫間可看到衣物的部分，卻看不到人。

「醫生來了。」

是街上的公醫。

民眾讓出一條路，石世文也順勢，在醫生的後面擠到前面。但是，人還是太多，大部分是大人，一下就擋住他，他只能從右邊的空罅看到一部分，從左邊看到另外一部分。一個人躺在紅磚屋屋簷下面，身體碩大，橫在屋簷下的小水溝上，頭部和胸部在牆下狹道上面，腹部以下，滑到砂礫地上。

他的頭髮是淡棕色的，短而柔，嘴微微張開，露出雪白的牙齒。沒有鬍子，眼睛是緊閉著。

石世文再往前面擠一點。這一次，他幾乎可以看到整個人了。他看督鼻仔，他感覺死者的鼻子的確高了一些。

他真的是米國的飛行員嗎？他真的是從飛機上掉下來的嗎？是什麼飛機？五月三十日，有一架米國飛機被擊落，那已是三天以前了。會是那架飛機的飛行員嗎？舊莊郡役所的管轄區有山地，不過都是矮山，最高也只有五、六百公尺，不大可能拖到現在才被發現。

是不是另外有米國的飛機被擊落了？記得，前些日子，日本和米國的飛機發生空中戰，有一架飛機被擊落了。石世文認為是米國飛機，但是阿財伯家的一個木匠師說，被擊落的一定是日本飛機。次日，他在報紙上沒有看到任何報導。

米國轟炸機來台北附近舉行轟炸，每次都有高射砲迎擊，除了五月三十日那一次，沒有一次命中過。來空襲的如果是戰鬥機，高射砲隊就不敢出手了。戰鬥機飛得低，也飛得快，不但打不到它，反而暴露自己的陣地，變成被攻擊的目標。

這個飛行員到底怎麼掉下來的，沒有人知道。也許，官方知道，沒有發表。

自從大東亞戰爭爆發以來，所有有關戰爭的消息，都由大本營統一發表。不要傳播謠言，不要聽信謠言，這是政府的一貫政策。到處都可以看到畫著三隻猴子的圖案，一隻用手摀住眼睛，一隻摀住耳朵，一隻摀住嘴巴。

像五月三十一日的大空襲，好像沒有看到報紙登出來。石世文沒有看到報紙。也許沒有印發報紙。有人說也許印報紙的機器也被炸壞了。不過，今天又有報紙了。

有人說，這個督鼻仔太年輕，不是駕駛員，可能是通信員，可能是投彈員，也可能是機槍手，他們說，大型的轟炸機，有十個以上的機員。

如果是這樣，其他的機員呢？

醫生穿的是戰時的服裝，雖然不是軍服，卻是模仿軍服。這種服裝，一方面行動方便，另一方面也好像可以提高戰鬥精神。醫生看著死者，從頭到腳，不急也不緩。死者腳上只穿襪子，沒有皮鞋。醫生蹲下身，摸摸死者的頭，再拉拉他的手，也看著他的嘴。死者手上還戴著手表。他聽了一下手表，輕輕的搖頭。他把死者的眼睛撐開一下，眼珠是淺藍色的。石世文第一次看到這種顏色的眼睛。醫生輕輕的打開死者的口腔，只開了一點，看看牙齒，牙齒是雪白的。嘴角有一條細細的裂痕，還沾著一些血。如果有傷痕，這是唯一的傷痕。

看來，他好像在睡覺，像喝酒醉的人。他真的死了嗎？看來很像活人。

他身上還背著落下傘。

「為什麼不跳傘？」

有人說。

「來不及了。」

有人回答。

石世文還記得五月三十日，B24被擊落的情形。整架飛機在空中散開，變成一堆碎片掉下來。像那樣，哪裡有跳傘的時間。

醫生將死者的衣領拉開一下，脖子上掛著一個十字架的鍊子。在國民學校時，有一個同學是基督教徒。他常說「神愛世人」。

這個督鼻仔是摔死的，每一個人都這樣想吧，醫生的檢查也很隨便。

「沒有毛。」

醫生拉開死者的褲鈕。

「太年輕了，還沒有長毛。」

有人說。

「有的是不長毛的，叫白虎。」

醫生也在替街上的賺食查某做衛生檢查。石世文看過，就在診所的門廊定期有賺食查某在等著檢查。男人也叫白虎嗎？

「他的確很年輕，恐怕不到二十歲。」

「讓開，讓開。」

有一個女子撥開其他民眾，站在死者前面，看著他，舉起腳，向死者的臉部猛踢兩下。

「畜生，畜生。」

她一面叫，眼睛已漲紅，淚水一直滾下來。

她就是川口秀子，五月三十一日，台北大空襲時，她的父母和弟弟被炸死了。

「怎麼了？」

有人把她拉開。

「復仇。」

她大聲喊著，聲音已有點啞了。

「好可憐。」

有人說。是對川口秀子，還是米國飛行員？

李宗文曾經對石世文說過，戰爭，不管哪一邊，都是可憐的。

沒有錯，很多人死掉了，死掉很多年輕人，像這個躺在地上的飛行員，還有川口秀子的弟弟，更年輕，連國民學校都沒有畢業，而且連屍體都找不到。

嗨，部長殿

「待避，待避。」

戇九仙拄著枴杖，左腳畫著圓圈，像搖櫓，在公會堂的樹下，高聲喊著。

「待避」就是叫人躲起來，躺在樹下，最好是躲進防空壕。

警戒警報已發出，還有一些小孩在樹與樹之間的空地，奔跑追逐，有大一點的，還走到港坪邊緣，好奇地看著天空，或台北的方向，看看有沒有敵機。

戇九仙，以前當過教師，現在在郡役所對面，開代書事務所。他太太現在還是老師，為人和善，大人、小孩，不管有沒有被她教過，都叫她罔市先生。

據說，戇九仙的左腳，是因為財務糾紛，有人尋仇，叫人剁斷了他的後腳筋。

石世文很怕戇九仙。現在，雖然已發出警戒警報，也不一定會發空襲警報。這是常有的事。小孩，也許已忘掉台北的大空襲，也許，有的還認為沒有看夠。

每次，他大聲叫喊，大一點的孩子會說他像狗吠。九和狗同音，戇九就是呆狗。

有些台灣人的名字很奇怪。有人叫羊港，有人叫豬哥，也有人叫狗屎。羊港是小公羊。有的，明明是男人，都叫查某。好名字怕天妒。

戇九和罔市連起來，就是呆狗姑妄養之。更巧的是，戇九仙住前落，開代書事務所，後落暫時租給一對從台北疏開過來的教師夫婦，名叫黑面和也好。

早期社會，大家都期待生男孩，生了女孩就叫罔市，叫也好。也有的叫招治，或來治。治和弟同音，就是招來小弟，帶來小弟，期待下一胎生男孩。

黑面有一個兒子，叫沈應元，大石世文兩歲。小孩，大一、兩歲就差很大。有一次，沈應元碰到石世文，叫住他，在他臉上打了一拳。石世文不知道原因。「你為什麼亂叫我父母的名字？」「我沒有呀。」原來，有別的大一點的小孩，喜歡叫「戇九罔市、黑面也好」。沈應元上去理論，對方反問他，「那你的父母叫什麼名字？」

李宗文曾經對石世文說過，這雖然是他們的名字，是父母給的，是很不好聽，叫「戇九仙、黑面仙」，他們不會生氣，把兩對夫妻的名字，像唱歌一般叫著玩，對方是一定生氣的。何況對方是長輩，而且是有名望的人。

石世文並沒有叫「黑面，也好」，是因為沈應元鬥不過大一點的小孩，來打他出氣。

戇九仙很小心，也愛管事。有人說，是因為他做過教師，管教小孩慣了，也有人說，自從他的後腳筋被剁斷，就變得小心怕事了。

突然，飛機的引擎聲，嘩的劃過天空，繼著就嗒嗒嗒，一陣機槍的掃射聲。有一架米國飛機俯衝下來，掃射渡船頭。

石世文的生父馬來伯也是船夫，不過他輪夜班較多，白天不在船上。

渡船頭是會移動的。大水河的河床全是黑沙，大水一來，把沙沖來沖去，沙岸也會伸縮變形，渡船頭也跟著沙岸的形狀而移動，一般是採用沙岸伸出，河面距離較短的地方。

這一天，舊莊這邊，渡船頭是設在媽祖廟前面的馬路盡頭，石階下去的地方。

嗒嗒嗒嗒。

也許是同一架飛機，又繞回來，也許不同一架。這一次，目標是監視台。

監視台搭在公會堂左前方的圍牆裡面，是用四根高大的檜木做主柱。它的旁邊有幾棵高大的大王椰子，那些椰子可做掩蔽物。不過，監視台比椰子樹更高。實際上，監視台的屋頂和木架，都綁著樹枝做偽裝。不過，從遠處還是看得很清楚的。

監視台是用來觀察敵機的動態，用以告訴民眾。

開始，大家都還不知道監視台的危險性。據說，敵機喜歡攻擊高的建築物，像燈台，像監視台。因為這種高的建築物可以提供較多的訊息。

第一次掃射，渡船是停靠在對岸，正在載人。船上有幾個人，穿著戰時服裝，類似軍服，被誤認為是軍人。

船夫是一個比石世文大兩三歲的小孩。他說，被敵機的螺旋槳吹落水裡，沒有受傷。有人說，是他自己跳進水裡。飛機俯衝下來，大家正慌亂，他已先跳入水裡了。

這一次掃射，兩個人受傷，沒有死人。有一個教師叫陳水福先生，是石世文的國民學校的老師，並沒有教過他。陳水福先生人很好，為什麼打到他？

他是騎腳踏車，正想坐渡船回來。子彈擦過他的屁股，挖掉一塊肉。他用手壓住傷口，流了不少血。有人笑他，屁股開花了。渡船一靠岸，防衛團的人很快抬了擔架來，把他送去醫療。

第二次掃射，目標是監視台。並沒有人受傷。

平時，監視台上由防衛團團員輪流看守，每次二人。他們的工作就是，看到敵機就要敲鐘，要民眾趕快逃避。剛好有矮仔部長來巡視。他經常出來巡視各種防衛工作。

「上面的人。」

部長在下面喊著。

「什麼事，聽不清楚。」

「下來。」

矮仔部長太胖，無法上去。

「為什麼二人都下來了？」

「嗨，部長殿。」

「為什麼沒有敲鐘？」

敵機掃射渡船頭，監視台上卻沒有聲息。

石世文聽過他們在敲鐘，是在演習的時候。

「還沒有發出空襲警報。敵機來得太快了。部長殿。」

一個監視員立正回答。

「你們的工作，就是要用眼睛監視敵機。」

「飛得太快，又太低了。部長殿。」

「馬鹿野郎。」

矮仔部長揮拳打他一個嘴巴。他先打一個，再打另外一個。矮仔部長是很少打人的。

「飛機當然飛得很快。」

嗒嗒嗒嗒。

矮仔部長話還沒有說完，有一架飛機掃射監視台。在敵人的眼睛看來，監視台就是前線，它是在偵察敵人，自己又有明顯的目標。

監視員說飛機飛得太快、太低，是事實，連警報系統都來不及發覺，已不止一次，敵機已來到上空，還沒有發出任何警報。

嗒嗒嗒嗒。

是飛機又繞回來？還是另外的一架？

矮子部長和兩個監視員都一起趴下去。

飛機一過，監視員先站起來了，矮仔部長太胖了，仰起頭來，人卻無法爬起來。監視員用力拉他起來。他的臉色，很快地，由白轉紅。

那時，從上面飄落一些木塊和木屑。他們抬頭一看，監視台上的木牆，已被機槍打爛了，沒有掉下來的木板，還在上面搖動。

「的確，太快了。」

部長說。

「嗨，部長殿。」

有一個監視員，正想伸手拍掉部長沾在身上的土灰。

「不用了。」

「嗨，部長殿。」

兩個監視員一起舉手，向部長敬禮。

「趕快叫人修理。」

矮仔部長看著上面。

「嗨，部長殿。」

破片爆彈

夜已深，石世文從防空壕出來。他沒有戴過手表，不知道準確的時間。

防空壕是在公會堂的圍牆內，由公家提供土地，鼓勵民眾建造。防空壕是長方形，先挖一個坑洞，立相思木撐住，再釘上相思木做屋頂的橫梁，上面鋪著木板、油紙，再蓋上泥土，最上面還種著草皮，有的還在四周種起一些小樹木。防空壕的門有兩個，一前一後，和防空壕的坑洞成直角，也就是成為ㄇ字形，以防止燈光的洩漏，和爆風的灌入。

石世文家的防空壕和阿財伯家合建共用的。

他看到鳥屎榕下面的石條上，有一個黑影，是川口秀子。她坐在那裡很久了。她的臉是朝著台北的方向。

公會堂的南側，流著大水河，在紅磚港坪的上方，種有幾棵大樹。從西端，也就是從媽祖宮通往河邊的大路那邊算起，有朴子樹、大榕樹、苦楝、榕樹、鳥屎榕，還有一棵已枯萎，只剩下半截樹幹的樟樹，和一棵合歡。

在樹下，放著一排石椅條，可以觀景，也可以坐涼。在大榕樹下，還放著一些石柱和石碑，是修建媽祖廟時，移到這邊來的。

坐在石椅條上，可以看到海山郡，也可以看到台北市。前幾天，就有不少人在這裡看著台北市遭到轟炸，起火燃燒。

現在，四周是一片漆黑，台北和海山都一樣，只有天上的點點星光，以及投射在大水河上的微光。

前些日子，在河邊還可以看到幾處高射砲陣地照射上去的探照燈，燈光在空中逡巡交叉，當敵機一來，就用探照燈光鎖住，以便高射砲向交叉點發射，擊中敵機。但是，自從大空襲以後，再也看不到探照燈的雄姿，就是有，也是零星一閃過，有點洩氣的樣子。

川口秀子一直望著台北的方向。從前，順著大水河下去，因為沒有遮攔，可以看到台北的燦爛燈光。

川口秀子會不會自殺？石世文一直擔心著。川口秀子在一瞬間，失去了一家人。另外，政府一再宣示，就是戰到一兵一卒，也不會投降。阿茲島、塞班島，還有其他的，不都一一玉碎了？日本，每次有島嶼失陷，就大肆宣傳玉碎。有人相信，更多的人不相信。雖然大人不相信的較多，像川口秀子還是深信不疑。

戰爭越來越緊迫，也就是越不利。沖繩的戰爭，自四月以來，日本軍一直敗退，有大人說，陷落是早晚的事。沖繩有那麼多平民，他們會玉碎嗎？

如果沖繩陷落，米軍會直接攻日本，或回來攻台灣？如果攻台灣，台灣也會玉碎嗎？

有人說，台灣有許多高山，要逃到內山去。

川口秀子會逃走嗎？

沖繩的婦女，大部分是女學生，已組成姬百合部隊，打算和米軍戰鬥到最後一人。他們真的會玉碎嗎？玉碎除了戰死，就是自殺。

川口秀子會自殺嗎？

石世文站在港坪上，看著大水河。雖然沒有燈光，他還是感覺得出來，河水在流著。

川口秀子會跳河嗎？

川口秀子會游泳。她說，不會游泳怎麼能算是大和撫子？石世文也會游泳。住在大水河附近的很多小孩會游泳。他曾經聽大一點的孩子說，會游泳的人，跳進河裡，自然會浮起來，不會淹死。日本軍艦被擊中，在沉沒之前，艦長會把自己綁在軍艦上，一起沉海裡。這是一種責任，也是為了怕浮起來。川口秀子會不會把石頭綁在身上？聽說是有人這麼做的。

「石君，過來。」

石世文走到川口秀子的旁邊，站著。

「坐下來。」

川口秀子指著旁邊另外一個石椅條。

「石君，為什麼跟著我？」

「我怕……」

「怕什麼？」

「我怕……。」

「怕我自殺？我不會自殺。我要等米軍上陸，拿著薙刀殺他們，而後被他們打死。」

「妳不會自殺？」

「不會。」

「如果沒有被打死，而是被捕……」

「我，我已有覺悟。」

隆、隆、隆、隆。

「那是什麼？」

是飛機的引擎聲。是敵機？

低沉而緩慢的聲音，應是米軍的轟炸機。

「怎麼會是這個時候？」

在大水河的對岸，突然一陣閃光。

轟隆，轟隆，轟隆，轟隆。

隨即一陣巨響，帶著爆風猛衝過來。地也撼動起來了，頭上的樹葉也沙沙的響，掉了下來。

「哎呀。」

石世文正要趴地，川口秀子叫了一聲，用力抱住他，全身在發抖。

……

石世文聽到了聲音。什麼聲音？爆炸之後，還有什麼聲音？聲音是由川口秀子的身體發出來的，像是水聲。

天氣轉熱，石世文穿著短褲和木屐，川口秀子的身體已完全靠著地，她穿燈籠褲，褲管濕濕的，黏住他的腿部和膝蓋，溫溫的。

有人從防空壕裡出來了。

「石君，不能說喔。」

川口秀子說，把他推開。

「怎麼啦？」

有人從防空壕出來，也有人是從家裡來。已有二、三十個人聚集在港坪上。他們是被爆炸聲驚醒的。有的就站在剛剛石世文和川口秀子站立的地方。

「爆彈掉下來了。」

「掉在哪裡？」

看來，沒有一個人知道炸彈是掉在哪裡。

「那邊。」

石世文指著對岸說。

「海山街？」

「不是，是沙灘。」

「為什麼炸那個地方？」

有些人來，有些人回去。石世文回去防空壕，裡面只有一盞臭油燈。再過片刻，川口秀子也進來。她已換好了衣褲。

「石君，不能說喔。」

「嗯。」

「真的？」

「嗯。」

忽然，川口秀子伸手，壓住他的胸部，也就是剛才她用力推開他的地方。

「真的？」

「嗯。」

川口秀子看著他，而後拉了他的手，放在自己的胸部，用手掌壓著，他感覺到軟軟的。

「不能說喔。」

「嗯。」

翌晨，有人去對岸看炸彈炸過的情形。石世文也坐渡船過去。在沙灘上，隔著一些距離，排著一排，大概有七、八個，小池塘大小的坑洞。在沙灘上還散落著大大小小的炸彈碎片。有人在撿。石世文撿起一塊手掌大小的碎片，邊緣成鋸狀，很銳利，像刀刃，可以削鉛筆。他記得看過介紹敵人武器的資料，是那種殺傷力很強的破片爆彈。

石世文也撿到一個機關砲的彈殼。他沒有找到子彈。

炸彈的坑洞是在沙灘上，是和大水河的河流平行的。如果炸彈往北移二百公尺，正好掉在舊莊的街道上。

「為什麼會炸在沙灘上？」

有一種傳說，有人看到觀音菩薩站在雲端，用拂塵輕輕一撥，把炸彈撥到沙灘上。有人說，把炸彈撥開的，應該是媽祖。炸彈掉落的位子，往北移，剛好落在媽祖宮上面。另外的人說，觀音寺就在河邊，更近。

天象

濁水溪澄清了，街上有人在傳說。有人說，濁水溪三年澄清一次，有人說三十年。

阿財姆說，黃河澄清三千年。她去過廈門，她也喜歡看歌仔戲。現在，歌仔戲是禁演的。她的想法和這些經驗有關嗎？

有人說，濁水溪澄清，就要太平了，戰爭已打了好幾年了。本島人也去當兵了。以前只做軍伕，現在可以當兵了。也有人戰死了。一個人活著出去，變成一個用白布裹起來的木盒子回來了。石世文看過，有人被徵召去南洋，要坐船，怕船被擊沉，浮在海上，碰到沙魚，就用紅布做了很長的丁字褲，聽說沙魚在攻擊之前，要先比身長，如果紅布比牠長，牠就會退走。也有不少人，坐輸送船，還沒到目的地就被敵人的潛水艇擊沉，人也喪生了。同樣的死，第一個裝在木盒子回來的呂姓軍夫，街役場有派人去迎接，還替他做了日式墓碑，現在已沒有了。

米國的飛機也來空襲過了，有掃射，也有轟炸，把房子炸壞，也炸死了不少人。

各種行業都歇業了，每一家，都在吃著老本。

戰爭的局勢，看來，對日本很不利。日本會輸嗎？石世文想著，川口秀子說，日本一定會最後的勝利。

對年紀大的本島人來說，誰贏誰輸，差別不是很大。他們只要太平。因為不能去廟裡行香，有人就在深井，向天祈求，祈求太平快一點來臨。

學校已完全停課了，上級生去當兵了，石世文是一年生，也被徵召去士林火車站，替日本海軍推輕便，把一些檜木的角材，推到士林試驗所。

工作的時間並不很長。到了下午，他從士林坐火車到圓山，再走路，經過台北橋回家。在路上，他看到一個奇怪的現象。沿途，有人在望著天空。他抬頭一看，天空已分成兩半，一半是厚厚的雲層，另外一半是藍天，沒有雲。

「怎麼會這樣？」

「戰爭要結束了。」

「要太平了。」

「日本會贏嗎？」

自從米國在廣島和長崎投了兩顆奇怪的炸彈之後，米國的飛機已兩天沒有在台灣的上空出現了。米軍撤退了嗎？

根據報導，那兩顆炸彈，已把廣島和長崎都炸平了，炸死了好幾萬的人。

為什麼天空那麼平靜，連一次警報都沒有發出。好奇怪的感覺。戰爭會有很大的變化嗎？日本會輸嗎？石世文實在不願意這樣想。

「日本快輸了。」

有人悄悄地說。政府禁止亂說話。但是，還是有人說出這種話。

石世文走了一段路，就抬頭看看天空。雲層還是一樣，把天空分成兩半。日本是哪一邊？在國民學校時，在朝會，每個人都要轉向東北方向，做宮城遙拜。宮城就是天皇陛下住的地方。被雲遮住的，正是那個方向，被雲遮住的，會是勝利的一邊？會是這樣嗎？不管怎麼想，他總覺得，被雲遮住的，應該是不吉利的。

他又看著天空。現在，太陽應該已有點傾西了。可是，他看不到太陽。雲層太厚了，也太廣了。雲層好像還在擴大，感覺上，被遮住的已比一半大了。真的這樣？還是一種錯覺？

白雲遮住太陽，這和國旗有關嗎？這會真的是一種不祥的徵兆嗎？

雲的顏色也在變。邊緣較亮，閃著陽光。亮光由黯白色轉成淡黃色，好像鑲了金邊。顏色和亮度也越來越強。雲層的部分，本來是白色的，也慢慢轉變成淡灰色，而且越來越濃，由淡灰色，轉變成紫灰色。

天空還是畫著一條線。他從一端看到另一端。他是第一次感覺到天空是那麼長。

他聽大人說，日本不會贏。這些日子，報紙還是報導最後的勝利屬日本，只要一億一心。大人說，這些報紙都在說謊。

日本真的會輸掉？

其實，石世文已感覺出來，局勢的確對日本很不利。如果有能力打敗米國，為什麼要玉碎？沖繩已被米軍占領了。沖繩有很多居民，好像沒有聽說玉碎。不過，有很多人自殺。其中最壯烈的是主要由女學生組成的姬百合部隊了。那些女學生退到海邊的斷崖，都跳下去了。

米軍會攻擊台灣嗎？會上陸台灣嗎？還是直接攻擊日本本土？有人說，為了省力，自然直接攻擊日本本土。

日德義曾經締結三國同盟，要並肩作戰。義大利和德國卻相繼投降了。都是無條件投降。那時，日本還在嚴責他們不顧道義。日本說要戰到一兵一卒。日本會投降嗎？石世文一直問著自己。

川口秀子怎麼想呢？她說她不會投降。萬一日本打輸，她真的不會投降？那她會像姫百合自殺？

她也曾經問過他，他會自殺嗎？

「不知道。」

「弱虫。」

她露出看不起他的眼神。

他已走到舊莊的街道上了。街道不寬。路的兩邊是房子，中間是一條天空。天空好像變窄了。天上的雲好像有一點變動了。那條線似乎沒有那麼清楚了。

川口秀子曾經問他什麼叫姬百合。他說不知道。

「那是一種純美的花。」

川口秀子說，眼睛已轉開了。

日本會輸嗎？

川口秀子會自殺嗎？

打倒台灣人

石世文在士林試驗所，和日本海軍軍人一起，正坐地上，聆聽天皇陛下的玉音之後，負責的海軍軍人告訴他，可以回家，不必再來了。

日本真的降伏了嗎？他一時反應不過來。會是無條件降伏嗎？

義大利和德國，前後無條件降伏，日本人不是譴責過他們，太卑劣，太不顧朋友情誼了？怎麼辦？他在回家途上，一直想著這個問題。

他回到舊莊，已是下午三點了。聽說，在郡役所後面的內庭，也就是郡役所和武道場之間的砂利地，郡役所和街役場的官員都在那裡聽玉音。

在戰時，日本禁止台灣人供奉神明，父母把它放在竹籃裡，藏在半樓上。現在，父母把神桌上的大麻拿下來，把掛在神桌上方壁上的天皇陛下及皇族的相片也拆下來，把神明拂拭一番之後，放回神桌上。

民眾在家裡燒香，感謝太平來臨，也有人去廟寺行香謝神。民眾也開始搓圓子了。以前，打仗期間，聽說圓子可以做子彈，現在太平了，也搓圓子。也有人開始放爆竹了。

日本人，自從聽了玉音之後，都躲起來，很少在街上行走。日本人在舊莊本來就不多，除了郡役所、街役場的官員和國民學校的老師以外，只有一個伊藤桑。他不住在日本人的宿舍區，是住在街上，離石世文的家，只有五間。他做代書，兼賣阿片。他的太太，每天清晨，風雨無阻，都要去神社祈求皇軍的武運長久，也祈求兩個去當兵的兒子平安回來。他的真誠，全舊莊的人都知道，也都很感動。

現在，戰爭結束了，聽說他們的兩個兒子都平安，她還是每天去神社。神社是在街尾，一條砂利路由南向北，一直到境內。境內就是神社建物所在地，是方形，四周，除了參道以外，圍著一條濠溝。聽說，戰爭一結束，日本人的主持已把神靈移走了。

日本戰敗以後，在報上看到有日本人自殺。不過，數目不多，多是軍人或高官。舊莊沒有人自殺，川口秀子也沒有。她曾經說過，日本不會降伏，她也不會。

「打倒日本人。」

在舊莊街上，在牆壁上，在電線桿上，在屋柱上，有人用寫的，有人寫好再貼上去，有人是用粉筆，有人用瓦片，有人用木炭或墨水，寫著「打倒日本人」五個大字。

「打倒台灣人。」

一天清晨，有人發現，在鶴田警察部長的宿舍的圍牆上，有人用木炭寫了五個大字。

警察部長的宿舍很大，就在大馬路邊，是獨棟，四周有圍牆，屋後有公用網球場，網球場四周種著茄苳樹。大馬路就是縱貫道路。

這些字，一定是日本人寫的，會是哪一個日本人？會是鶴田部長本人嗎？

戰爭結束以後，日本人，不管是大官或小官，都躲起來，不可能是部長寫的。會是誰？部長有一個兒子，叫鶴田浩二。會是他寫的？他是一中的學生，和石世文同年。

沒有那麼笨吧。誰會在自己的住所寫這種字？這不是很容易被查出來嗎？

林水順是中學三年級的學生，四年級和五年級的學生都提前畢業，去當兵了。三年級是最高的上級生，上級生可以管下級生，是日本中學校的傳統。林水順只是一個很喜歡管人的上級生。

林水順帶了幾個學生去鶴田部長的住所，一問，果然是他的兒子鶴田浩二寫的。

石世文有見過鶴田浩二，是上學的時候，在巴士上。鶴田浩二，個子很矮，像他父親，比石世文矮半個頭，不過人很傲慢，罵過台灣人的學生。

鶴田部長，管全郡的警察，權力很大，人卻還和善。他兒子除了個子矮，其他不大像父親。石世文去看過那幾個字，是用木炭寫的，寫得很大。其實，用水一沖就可以沖掉。

「他很笨。」

「他不是笨。他膽子大，也看不起台灣人。」

林水順說。

日本戰敗以後，日本人完全退出，最先出來維持秩序的是中學生，後來才有復員的軍人，地方仕紳，以及一些從火燒島回來的流氓。

林水順發出通知，叫下級生集合。只算石世文的學校，一、二年級的學生，加起來也有二十多個。其他的學校，也有學生過來支援。

林水順命令鶴田部長帶他孩子出來謝罪，地點是在部落集會所。石世文也得到通知，上午十點去部落集會所。

日本時代的行政劃分，以前是保甲制，石世文居住的地方屬六保，後來改保為町，四、五、六保合併為榮和町，每一個町設一個部落集會所，是小型的公會堂，可以辦理一些社區活動，開會、展覽、表演，或勞軍活動，像慰問袋的縫製、裝填和寄發。

集會所就在媽祖宮後殿旁邊，戰爭結束，民眾都出來行香，有人在準備殺豬公、演大戲。

集會所裡面，前面是一個低舞台，台灣學生站在舞台前，約三、四十人，兩側站著一般民眾，有的是來支援，有的是來看熱鬧。他們背後的玻璃窗，還貼著紙條，那是戰時防震用的，還沒有拆掉。

集會所中間的空地，是日本人，學生及家長，也有郡役所和街役場的官職員，包括鶴田部長以下的警察，還有一些老人、婦女和小孩。他們都正坐，也就是跪在地上，大部分的人都低著頭，總共也有三、四十個人。

他們都穿得很簡單，男人以長袖白襯衫為主，有的套上西裝，都是舊的，未結領帶，因為天氣熱，一直冒汗。女人都穿布衫，燈籠褲，還是戰時的模樣。

林水順開始講話。

現在，日本是敗戰國，台灣是戰勝國，敗戰國的人，怎麼可以對戰勝國的人無禮？謝罪！謝罪！

「謝罪！謝罪！」

其他也有人回應。

林水順說完，所有的日本人都用雙手撐地，低頭行禮。鶴田部長，更是以額頭觸地，久久不抬起來。他人很胖，行禮似有點困難。

「請原諒。」

「請原諒。」

其他的日本人也一起行禮。

「有沒有人要說什麼？」

林水順看著舞台前面的一排台灣學生，又看著站在兩側的民眾。

「大家要原諒他們？」

「馬鹿野郎！」

陳光堂跑到前面對鶴田浩二大叫一聲，抓住他的衣領，陳光堂是石世文的同班同學。

「不要打人。」

林水順喊了一聲。

「有一次，我排隊，這傢伙叫我排到後面去。」

「我也是。」

另外一個學生說。

「石君？」

林水順指名石世文。

「我沒有。」

「為什麼？」

「我從來不排隊。」

「那你怎麼坐車？」

「我都是最後一個上車。」

大家都笑了。

「馬鹿，還有嗎？」

大家沒有再出聲。

「要不要原諒他們？」

「……」

「陳君？」

「可以。」

「你呢？」

「可以。」

「馬鹿野郎！」

突然有一個人，從人群裡衝了出來。他的臉和手臂都曬成栗子色。石世文認得出來，他是林天來，是國民學校的同級生，不過他沒有升學，在家裡耕農。

「警察打我阿爸。」

「哪一個警察？」

「台灣警察，是白鼻的，不在裡面。」

「不在裡面，我們不能辦。」

「他是警察部長，是他的部下。」

戰時，根據密報，有警察去抓私宰，弄錯了一個竹圍，抓了他的父親，帶回郡役所詢問，還給他灌水。後來知道弄錯了，也沒有人道歉。

在戰時，米和豬肉受管制，雞鴨可以自由宰殺。農人養豬，一般都交給屠宰人。也有人私宰，分給親友，或賣到黑市。私宰是違規的。

「我道歉。」

警察部長轉正方向，對他行禮。

「可以原諒他了吧？」

「幹。我一定要把那個白鼻的找出來。」

「還有人說話嗎？」

日本老師自小教育台灣學生，有錯一定要認錯，認錯以後就要原諒。

「原諒他們。」

日本人站起來，有的年紀比較大的，動作較遲緩，需要別人攙扶。

在兩側的民眾也漸漸散了。石世文看到了川口秀子。她紅著眼眶，跟著民眾慢慢走出集會所。他知道她和鶴田浩二有認識，也看過他們在車上談話。

她為什麼哭？是因為日本人打輸了？還是因為日本人受辱？還是因為鶴田浩二一個人？

棋盤

戰爭結束，日本人先躲起來。

美國的軍人，坐了吉普車，在台北市的街道上駛來駛去。每個人都笑容滿面，有人大聲呼叫，也有人在街上閒蕩。

「西嘎列特。」

小孩向美軍喊著，美軍會給他們一根香菸，有人會給一包，或剩下的。也有人給他們口香糖，或巧克力。

台灣人被徵召去南洋的，也陸續回來了。他們身上穿著美軍發給他們的軍服，背後印著「PW」兩個字。

中國的船也來了，是帆船。他們載來人和貨物。貨物以南北貨為主，也有酒和香菸。香菸很多假貨，大都是仿冒美國的香菸，像駱駝牌，或幸運紅心牌。也有假的雙炮台。

再過了一些日子，日本人也出來了。他們在住宅區出售家具、日常用品、衣物和書籍，準備回日本。他們也賣陶瓷器，有磁盤和插花用器，有字畫，有漆器，也有各種人形。

有的在路邊鋪草蓆，有的鋪布巾，把要出售的物品，擺上去。賣東西的人，有學生，有教員，有官吏和公務員，有家庭主婦，也有小孩陪著。他們衣著簡單，大部分都保持戰爭末期的簡單裝扮，男的也有穿舊西裝，不打領帶，女的穿便服，有的還穿著燈籠褲，結著頭巾。有人面帶笑容，大部分的人都沒有什麼表情。

書籍有套書，像世界文學全集、世界思想全集、世界風俗全集。最搶手的是三省堂的《簡明英和辭典》，是一般學生所愛用的。有的讀商校的，去買算盤。上欄一顆，下欄四顆算盤子比較細長的新式算盤。傳統的是上面二顆，下面五顆。也有人去買硯台。

川口秀子和一些改過姓名的人，已改回原來的姓名，叫呂秀好。

呂秀好的表姊夫，也是她舅父阿財伯的女婿，也是店裡的木匠，每次去台北日人住宅區，就買了棋盤，用腳踏車載回來，加起來也有七、八個了。

「買那麼多棋盤做什麼？」

表姊夫並不下棋，要下棋，一個就夠了。

「不，不下棋。這可以做上好的木屐。」

棋盤是用檜木做的，也有紅檜。檜木和紅檜都是台灣特產，日本人特別喜歡，把它當作國寶，是全世界最上級的木材。石世文聽說過，明治神宮的大鳥居，就是用台灣的檜木做的。台灣人做家具，多用肖楠、烏心石，也用次級的楠仔。台灣人較少用檜木。到了戰爭末期，多數日本船隻被美軍擊沉，已沒有船可以載運出去，砍伐下來的檜木，也流到台灣市場，也有人用檜木來做家具了。不過，使用的期間很短。

台灣多雨，台灣人習慣穿木屐。戰爭末期，物資缺乏，木材也不足，做木屐，用材質較差的木材，像冇頭仔。這種木材不結實容易磨損，只有一般木材的二分之一的壽命。那時，也有人用廢輪胎做代用品，像拖鞋，穿起來好像腳底也快碰到地面。

阿財伯精於計算材料。一張大玻璃要如何分割，才能更多利用。木材也一樣。他要親自去木材店選原木，在木材店鋸開，分成枝骨、板堵等，再運回來使用。肖楠的鋸灰還可以運回來做「淨香」。

他對棋盤也一樣，一手拿著尺，把棋盤翻來轉去，從各角度測量，看看能否多做一雙，或一隻木屐。

「妳看，多美。」

表姊夫拿著做好的木屐，給呂秀好看。

用檜木做木屐的確很美，顏色美，木紋美，還有那自然漾出來的幽微的柴香。如果是紅檜，還有帶有紅色的木紋。

每一個棋盤都有兩盒棋子，黑的和白的。小孩子在玩棋子，棋子散滿地上，大人叫小孩收好，小孩子沒有收好，大人就拿了掃把掃起來，把它倒掉。至於棋子盒，也做得很精細，有人拿去當菸灰缸，有人拿去裝針線，有的就留起來做鐵釘盒。

「這個做什麼用？」

呂秀好指著棋盤的腳，問表姊夫。

棋盤的四個腳，也很精美。台灣人做家具，桌腳、椅腳都用車床，做起來方便省工。棋盤的腳是用手刻的。

「沒有什麼用，只能做燒火柴。」

表姊夫說完，拿起斧頭，把木腳劈成小塊。木腳也是用檜木做成的。檜木有油分，也是很好的燒火柴。

在阿舅的木器店，做家具剩下的木屑、鉋花都拿去做燃料，容易燃燒，有些鄰居還會過來分一點回去，做生火之用。

「姊夫，平時也用檜木做木屐？」

「不可能，太貴了。只能用柴頭柴尾做一點。」

其實，家具店平時是不做木屐的，太零碎了。

木屐賣得很好，有一個人買了兩雙，說太漂亮了，捨不得穿，要留下來做紀念。

七、八個棋盤，一下就用光了，表姊夫又出去，這一次只找到兩個回來。

「棋盤越來越少了。」

表姊夫說。

「阿舅，可以給我一個棋盤嗎？」

「妳要棋盤做什麼？妳也下棋？」

在台灣，大部分的人下象棋，只有和日本人有接觸的人，像老師、公務員，才下圍棋。至於女孩子，象棋、圍棋，幾乎都不下。

「它很美，我想留一個。」

「我記得，妳父親以前也下圍棋。」

「嗯。」

她一想到父親，眼眶就紅了。

「那妳選一個吧。」

以前的棋盤都用掉了，只有剛買回來的兩個。呂秀好比較一下，看看盤面，看木材，看油漆，格子，也看看側面，看看木理，也看看腳，以及腳的刻工。她看得很仔細，不過，只能二選一。她用布慢慢地擦，一邊擦，一邊摸。以前，父親也這樣。有時，父親也會在棋盤上打譜，她好像還可以聽到落子的聲音。而後，她把它搬到半樓，把棋子也一起帶上去，用一塊布巾蓋住。半樓，平時放了一些家具。阿舅的店，家具都是訂製的，在沒有運走之前，會暫時放在半樓。戰時，戰爭結束以後，物資少，婚嫁都從省，製品也少，半樓有較大的空間。實際上，一個棋盤所占的位置也很有限。

過了十天左右，呂秀好看到店門口，又擺出幾雙檜木的木屐。她知道，以前所有的棋盤都用完了。她趕快上半樓，她的棋盤果然不見了，棋子都在地上。

「為什麼？」

她問表姊夫。

「有人說，那種木屐太美了，價格高一點，也一定要買一雙。」

「呃。」

呂秀好很想哭出來。

「無要緊，我會再去買一個回來給妳。」

不過，表姊夫並沒有再買到。他說，在古物商看到一個，價格很高，不能做木屐了。

中國童子軍

「世文。」

呂秀好坐在港坪頂上的石條上，穿著童子軍的制服。

石世文走過去，沒有說話。

「你剛才在擲石頭？」

「有。」

石世文，有時會在港坪上擲石頭。撿一塊大小適當，形狀好的小石頭，向大水河的河心擲出去，看看能擲多遠。有時一個人，看看有沒有進步，有時也和同伴比誰擲得遠。

大水河的港坪分兩段，中間有一條小路。他也會在小路上用瓦片打水漂，小孩叫它「老鼠過橋」，有時會再下去，貼近水面。

「你已是中學生了，不要玩那種小孩玩的遊戲。」

上一次，他和同伴撿龍眼子玩，被她看到。那一次，她並沒有說什麼。

「你坐下來？」

呂秀好看著他，把身子移動一下。

「我，我站著。」

呂秀好的眼睛很大，眼珠很黑。他把視線移開，對著她的胸部。胸前有一條細長的小布條，繡著「中國童子軍」五個字。她的胸部有一條弧線，畫出起伏。那一天晚上，她突然拉他的手壓在她的胸部上，他完全弄不清是什麼感覺。

他把視線再移開，移向河心。河水平靜的流著。

「你們什麼時候註冊？」

「註冊？買冊？」

學制改了，以前，中學是五年，現在改成初中、高中各三年。以前是四月開學，現在改九月了。聽說，他們要多讀半年。

「你不知道註冊？就是去學校繳錢，辦手續，也買冊。」

「昨天。」

「國語，你們用什麼課本？開明？中華？」

「開明？中華？」

石世文轉頭看了呂秀好一眼。

「書局的名字。」

「呃。我們是老師自己編的。」

「自己編的？你們的老師。」

「吳老師。他在大龍峒開學堂，教漢文，很有名。」

在戰時，漢文的學堂都關閉了。

「你們不教國語？北京話？」

「沒有，只教漢文。」

「為什麼？」

「還沒有找到老師。」

「還沒有找到老師？怎麼會？」

「妳們學校是公立的，比較有名。」

「那你們老師教什麼？」

「烏飛兔走，烏出林，兔入穴。」

「走，國語怎麼講？」

「走……不知道。」

「走，國語叫做跑。」

「跑。日本語，也是走。」

「日本語也用漢字，學中國的，不過，有很多意思是不同。現在，最重要的是，國語怎麼說。」

「呃。」

石世文，看她的眼睛，很快移到胸部，看到「中國童子軍」又移開。

「你們什麼時候才開始學國語？」

「我不知道。」

「汽車國語是什麼？」

「汽車就是火車。」

「自動車呢？」

「……」

「叫汽車。驛呢？」

「火車頭。」

「哈，哈。不是火車頭，是火車站。機關車才是火車頭。」

「呃。」

「我們學日本語十三、十四年，也是一種損失。現在，要趕快學國語，趕快把損失掉的，補回來。」

「沒有那麼久了。七年，連幼稚園算在一起，也只有八年。」

「不用算，快學好最重要。」

「可是，我們很多功課，有的還用日本語教。像數學，像化學。酸素國語怎麼說？」

「酸素？酸素……，對了叫做氧。你看，中國字多精妙。只要是氣體，都用氣。水素叫氫，窒素叫氮。」

「我問妳，我去學校，沿途很多日本宿舍，都寫張寓、陳寓、毛寓，每個人都叫寓，寓是不是一個很好的名字？」

「哈，哈……寓不是名字，寓就是寓所，就是住所，有地位的人的住所，叫做寓。」

「日本人都寫姓名，中國人為什麼只寫姓，不寫名？」

「這叫做文化。」

「文化？」

「日本人，有禮無體。把姓名都告訴人家了。」

「妳不喜歡日本的方式？」

「中國有五千年的歷史，日本只有兩千年。差三千年，差很多。」

「聽說，支那人很會法術。會飛簷走壁，會土遁，還有子彈打不進去。真的嗎？」

「噓。不能再叫支那人，叫中國人。我們也是中國人了。你知道，我們的祖先也是從中國來的。」

「據說中國，有四億五千萬的人口，比日本一億，多很多。」

「要說，四萬萬五千萬，不要說四億五千萬。一億一心，那是戰時日本人的說法。不過，日本失去朝鮮和台灣，就沒有一億了。」

「四億五千萬，和四萬萬五千萬，有什麼差別？」

「數目是一樣。差異卻很大。四萬萬五千萬，感覺上，要比四億五千萬多。還有講起來，也響亮。你沒有這種感覺嗎？」

「我，我不知道。」

「你看，你已中學生了，還脫赤腳。」

「我回來才脫赤腳呀。」

「我看你晚上，還穿木屐。」

「不穿木屐，穿什麼？」

「穿鞋子。」

「穿鞋子，腳很臭。」

「要常常洗，就不會臭。」

「穿木屐，比較舒服。」

「除了語言，你也要學習生活。要了解文化。」

「聽說，中國人不喜歡洗澡。他們只洗腳嗎？」

「馬鹿。」

「妳也要穿長衫嗎？」

石世文在街上看了不少中國來的婦女，穿著藍色的長衫，有的皮膚白，很好看。

「不叫長衫，叫旗袍。以後，我也會穿。」

「呃。」

「在警察局那邊，有毛警官在教國語，你要去學嗎？」

郡役所已改成警察局了。

「……」

「不去？」

有一次，石世文走近郡役所，看到裡面在學國語的，大部分是女的，年輕的女人。他也聽到她們在唱歌。

起來，不願做奴隸的人們……

……

呂秀好告訴他，唱歌是學習語言最好的方法。沒有錯，以前，有些日本語，是從唱軍歌學來的。

「我……」

「先學好語言，其他就簡單了。中國時代，要學中國話，趕快學好中國話，知道嗎？」

「我知道。」

石世文說，看看她的胸部，看到「中國童子軍」那幾個字。

穿耳洞

戰後，阿財伯的家具店已完全復工了。巷路又立著各種木材，有枝骨，也有板堵。那些木材是備用的，立在那裡讓它陰乾。

一向，阿財伯的家的巷路，也當作通路，住在後街的一些鄰居，穿過巷路走到前街。

石世文每次走過巷路，用手摸摸板堵，沾一點鋸灰，然後到從天窗照下來的陽光束下，吹一下，看那些鋸灰在天空中飛動。

呂秀好的房間，就在中落的後側，和後落隔著小深井相對。在舊鎮，大部分的住家，白天沒有電燈。阿財伯家也一樣。呂秀好的房間，完全靠從窗子進來的光線。

呂秀好的房間裡面，對著小深井，有一張小書桌。石世文看到她坐在桌前，身靠椅背。她的眼睛一直看著他。

「世文，進來。」

呂秀好穿著白色短袖襯衫，深藍色長裙，桌上除了幾本書以外，還放著一小瓶碘酒，一支鑷子和一小塊棉花。她轉了一下椅子，對著世文，雙腿略微張開。她的眼睛一直沒有離開他。傷是在耳垂上。她說穿耳洞，感染了細菌。

「自己穿耳洞？」

「很簡單的事。」

已不止一次了，她自己穿耳洞。第一次，是她父母被炸死以後不久，在大水河邊，被美國飛機誤炸的炸彈嚇到以後。第二次是鶴田浩二在他家圍牆上寫「打倒台灣人」，被揪出公開道歉之後。

她的耳垂有腫起來，有點潰爛。她不知道刺耳洞的針要消毒嗎？最簡單的方式，就是用火燒一下。

李宗文曾經對石世文提過，有一次，他從阿財伯家的巷路經過，呂秀好叫住他，以為是石世文。

「什麼事？」

「對不起，我以為是世文。」

李宗文說，那時，她桌上放著碘酒，耳垂上還有一點點血跡。

「她是想找你幫她點藥。」

李宗文說。

石世文並沒有看過她戴耳環。不過，很多女孩，都在小時候先穿好耳洞。

「她心裡痛苦，用針刺耳朵。有人還割手腕呢。」

李宗文又說。

「為什麼？」

「用痛苦減少痛苦。」

「她會自殺嗎？」

「割手腕，流血過多，會死掉。我看，她不會自殺。」

「為什麼？」

「也許，只想你幫她點藥。」

「如果有更大的痛苦，像日本戰敗？」

「我想不會吧。」

「為什麼？」

「已經過一些時間了。」

「真的會自殺？」

「世文，我問你，你喜歡她嗎？」

「……」

石世文臉漲紅了。

他記得，在國校六年級，剛重新編班，他那一班授驗班是男女同班，一個男生寫信給女生，是用日文寫的，「國容身體壯，雪子那麼溫柔」，被笑了整整一年。

「你不喜歡她嗎？」

「喜歡。」

「我看，她也喜歡你。」

「不，她看不起我。」

「怎麼說？」

「她說我壞巴，又叫我梅干次郎。她認為我是弱虫。」

「所以，你要強一點。」

「怎麼做？」

「比如拉她的手。」

「宗文，什麼是那斯比事件？」

「那斯比就是茄子。有個女校的學生，拿茄子當男人，被看到了。」

「刺傷耳朵，和那斯比事件有關？」

「我也不清楚，好像相似，又好像無關。」

「幫我點藥。」

呂秀好對石世文說。

他右手拿起鑷子，夾了棉花，伸進小瓶子。他的手有一點抖。他沾了一點碘酒，輕輕點她的傷口。新的傷口邊，還有舊的傷痕。

她閉著眼睛，靜靜地坐著。身體向後微仰，她的胸部動了一下。李宗文叫他拉她的手。要拉嗎？他沒有，他只覺得，不知把左手放在什麼地方。

「再點一點。」

她說，身體再向後。他用左手撐住書桌。他的手有點發抖。

「好了？」

「好了。」

「秀子。」

石世文一開口，臉又紅了。他感覺到她的視線。

「以後，你叫我秀好。」

「秀好……」

「世文，我初中畢業以後，就要搬走了。」

「為什麼？」

「阿妗不喜歡我，我也不喜歡她。她說我是假日本婆仔，真正日本婆仔，是不穿褲子的。你猜，我現在有沒有穿褲子？」

呂秀好輕抓了他的手。

「……」

她有穿褲子嗎？他看到她的膝蓋上面大腿的半截。

「妳，搬回台北？」

「不。我要留在舊鎮。學校，有人請我當代理教員。」

「妳不升學？」

他想看她，又把視線移開。

「我沒有錢。我們的房子被炸，不過還有土地。我叔父說，要出錢幫我蓋，樓下給他。我問阿舅，他說應該要樓下，自己不住，也可以租給人家。不過，我想起父母和弟弟都在那裡被炸死，我不想留下，就賣給叔父，現在物價漲得快，錢已越來越不值錢了。」

呂秀好說，眼眶紅了，淚水也流下來了。

「秀好。」

石世文靠近一步，想把手放在她的肩膀上。

「世文，你會升學吧。」

「我想考師範學校，將來，工作也有保障。」

「你不想考大學？」

「我連考師範學校都沒有把握。」

「那也好，你可以走了。」

呂秀好把他的手放開。

「嗯。」

「世文，我可怕嗎？」

呂秀好再伸手拉住他。

「沒有。沒有。」

「奧馬鹿桑，你可以走了。」

呂秀好把他的手輕輕甩開。

「暫時，我還會住在舊鎮。」

「我知道。」

石世文回答說，走出呂秀好的房間。

那天晚上，石世文第一次在睡夢中射精，他聽說過，有一種病叫洩精。精是用血液製造的。聽說古書有寫，洩精多了，等於流血過多，人會損傷，甚至死掉。

求雨

路的兩邊是水田。

藍天白日，天上沒有雲，太陽高高，直照射下來。

水田曬乾了，田地龜裂了，越裂越寬，也越裂越深，稻子整株枯萎了。

風吹過來，風是熱的。風帶來了灰塵，灰塵也是熱的。遠遠的看過去，空氣在搖動，土在蒸發。

樹木，無精打采地立著，有的樹葉已枯黃、掉落。草也乾了，勉強趴在地上。

蟲也死了。吃草、吃樹的蟲死了，吃蟲的鳥，吱吱叫著，聲音越來越低。

牛站在水溝邊。水溝邊的草，還有一點綠色。牛把青草和乾草一起吃了。而後，伸長脖子，靜靜站著。牛的胃裡，食物減少了，嘴微微張開，咬動也少了。看來，口水也快乾了，眼睛是無神的。

小水溝裡的水也差不多乾了，水溝裡已看不到魚了。一隻白鷺鷥在那裡，長長的腳，一步一步，走來走去，脖子前後伸縮，很少有啄食的動作。另外幾隻就乾脆站在那裡，一動不動。

圳溝裡還有一點水，不過已發臭了。有些死魚，已變色了，從死的顏色，變成腐爛的顏色。

一片臭氣，不斷衝進鼻孔。

狗也伸出舌頭，越伸越長，好像快要縮不回去了。

貓用舌頭舔著腳，用腳摸著臉。阿媽說，貓是因為前世浪費水的人，轉世為貓，罰牠只能用口水洗臉。

天晴一久，水量減少，農人開始爭水。水是農人的生命。他們先爭水源，從大水圳先爭，再爭到小水溝。上流的人，守著水閘，護水。下流的人，要去打開水閘，搶水。先是爭論，變吵架，而後大打出手。有人用鋤頭做武器，也有人拿出岸刀砍人，流血是難免的，甚至有些地方，還鬧出人命。

現在，大家都沒有水了，也沒有什麼好爭的了。沒有爭，待在家裡，也不知道要做什麼。有時，待得太久了，就走到門口，到稻埕，或後壁溝，看著天，從近的天，看到遠遠的天，看看有沒有一點雲。有時候，雲是有的，不過太稀薄，是不大可能變成雨。

農地沒有水，山丘上的草木卻起火燃燒起來了。有人說是失火，這麼乾燥的天氣，一點點火，像菸蒂，都有可能變成火災。也有人相信，太陽那麼大，草木自己燒起來。

墓地也起火燃燒起來了。火燒得很快，越燒越廣，有人上去打火，卻沒有水。有些墓碑，被火燒焦、燒黑。

一般人也開始擔憂，沒有水，發生火災怎麼辦？不說火災，現在連喝的水都成問題了。

白天，幾乎沒有水。

取水是要排隊的。白天沒有水，晚上十二點以後，家裡才會有一點水，要到外面公用的水龍頭排隊。

日本時代叫水道，現在叫自來水。自來水，並不自己來。

有些從大陸來的外省人，看台灣的水道，現在叫自來水，買了水龍頭，在牆上挖一個洞，插進去，水不來，就去和五金行理論，有的還罵人，也想打人。

有人說，沒有水，是因為很多外省人買了水龍頭，插進牆壁。他們還帶了法師來。大陸來的法師，很厲害，不但可以飛簷走壁，也可以把活人化成血水。他們把水抽光了。

在三山國王廟前庭，本來有一口公用的大型水井，那些水可以食用，也可以洗衣服，每天上午，都有附近的婦女聚在一起，一邊洗衣，一邊聊天。

有一天，有一個小男孩掉下去，淹死了。鎮公所就派人把它填掉了。

有人說，日本時代，那麼久，都不曾有人掉下去。為什麼呢？有人說，是小孩調皮，怎麼能怪公所呢？

有人說，日本時代，小孩怕警察，只要說警察來了，小孩就乖乖聽話了。

有人說，把水井的牆做高不就好了，為什麼要填掉。

鎮公所把水井填掉之後，裝了一個口徑比較大的水龍頭，讓附近的居民使用。不過，這個水龍頭是要用鑰匙開的。

已三十多天沒有下雨了，連活到七十歲的阿公都說沒有碰過。

是天災？還是人禍？

有人說，這是天災。

有人說，日本時代怎麼沒有？

有人說，外省的官員，把修理水圳和水道的錢吃掉了。他們穿了中山裝來。中山裝有很多口袋，大口袋，可以裝很多東西。這種口袋叫中山裝，是新名詞。歪哥也是新名詞，貪官汙吏也是新名詞。

沒有下雨是事實，沒有水也是事實。認為這是天災的人，還是多數。

在家裡，到晚上才有水，一滴一滴地滴著，整個晚上，也只能滴到半桶水。

大部分的人，都要去三山國王廟前的水龍頭排隊取水，那邊的水龍頭，口徑較大，高度也低很多。

人在排隊，有人還用水桶排，有人還用椅子排，用磚塊排，用石頭排。這都不能算，有人把這一些都推到線外。有人排隊，就有人插隊，當然不行，有人拖了力阿卡車來，也不行。有人在相罵，也有人打架了。一個人，只能拿一個水桶，可以提得動的水桶。很快的，變成一種約定了。

天還沒有完全亮，水沒有了，廟前的水龍頭也只是一滴一滴的滴著，像在家裡一樣。有的人，從深夜排到天亮，還是沒有排到。

怎麼辦？

求雨，非求雨不可。

有人喊出來了。

「要在天上鑽洞，鑽很多洞，像如露那樣。」

猶定也出來講話了。如露是日語，是灑水壺。

那個「桃花的」，鎮民都這樣稱他。他喜歡讀書，還讀過高等科。平時，他躲在家裡看書，看什麼書，沒有人理會，也沒有人知道。到了桃花開花的時候，他就會到街上，邊走邊喊，說些似非似是，人家聽不懂的話。他喜歡戴著竹笠。戰後不久，他的竹笠上面寫著「蔣總統萬歲」。他的毛筆字不比吳秀才差。

現在，他換了一頂笠子，上面寫著「玉皇大帝千秋」。

「有個女人把天補好了，水漏不下來了。」

民眾在大眾廟的廟庭搭了祭壇，上面放著香案，擺著大眾爺和五穀大帝的神像，前面放著香爐、燭台、花瓶、水果、麵龜等供品，也有旗、劍、鏡等法器。

道士站在壇前，手執法鈴，念了一些咒語，就搖搖法鈴。

猶定坐在大眾廟的門階上，戴著那頂上面寫著「玉皇大帝千秋」的竹笠，口裡不停念著。

白色的球

白色的日頭，在天頂

照落來白色的光
四條八條
在青色的天頂
白色的火球
青色的天頂
無雲，無雲
無雲，就無雨
白色的火球
照落來白色的光
燒著田園
燒著稻穀
田園發火了
稻穀燒起來了
紅色的火
紅色的地
火爐的火
燒著番薯

燒臭乾了
發出臭乾味了
變成火炭
哎，紅色的火爐
紅色的火炭
紅色的烘爐
紅色的土
土燒起來了
土燒起來了
沒有雨
沒有水
雨快落來
雨快落來，快落來……

在祭壇周圍，已聚集了不少民眾，以農民為主。他們沐浴更衣，也已齋戒三天了，還要齋戒下去，聽說要到下雨為止。

主祭官是鎮長，鎮長已經來了。

「走開。」

公所的職員過去趕猶定。猶定不加理會，繼續念著。

「你是臭耳聾？」

「我無臭耳聾，我心內清楚。」

「鎮長，快來祭拜。」

鎮長穿著長衫馬褂，還戴著碗帽，走到祭壇前面。有人請他脫下碗帽，看他剪的是海卡拉頭。求雨的隊伍，都站到鎮長後面排列。穿著法衣的道士開始搖鈴、揮旗、舞劍，口中不停念著咒語。

「雷神、風神、龜神、水神聽令……」

民眾，有人穿蓑衣，都沒有戴笠子。沒有戴笠子，表示要用頭接雨，穿蓑衣表示祈求快下雨，大家已經準備好要接雨了。

白色的日頭，在天頂
照落來白色的光
四條八條
在青色的天頂
……

狷定又開始念了，頭上戴著「玉皇大帝千秋」的竹笠。

「把笠子脫下來。」

有人過去，對他說。

他不理會，那人就把笠子拆下來了。

道士在前，鎮長隨著，後面跟著官員以及民眾，排隊走向門邊。有人拿著魚網，捧動著，做出撒網的樣子。

「世文，你相信求雨有效嗎？」

呂秀好問。

「大家都要水。」

「等久了，雨自然會下來。」

狷定跟在眾人後面，又把「玉皇大帝千秋」的竹笠戴上。

呂秀好結婚了

禮拜六的下午，大部分的學生都已下課，辦公室裡，只剩下幾位老師和事務員。

學校的中庭，日本時代是網球場，現在已改為籃球場了，有人在投籃，也有人在旁邊托排球。

石世文在走廊畫看板，就是電影的大型看板。那是洪老師請他幫忙的。洪老師，現在已是這個國校的校長了。

在日本時代，有一位資格比洪老師深的王老師，在日本人的校長和教頭之下，如兩人都缺席，由他代理校長的王老師，已調到以前的分教場，也就是分校，現在已獨立成另外一個國校的校長了。聽說，這是政治運作的一部分。

洪老師喜歡畫畫，戰後用他弟弟的名義開了一家招牌店，幫人畫招牌、電影看板，有時也畫肖像。

洪老師也收了兩個徒弟，都是國校剛畢業，沒有再升學的學生。這些學徒，只提供餐食，並沒有工資。石世文也沒有工資，不過洪老師給他一點零用錢。

石世文是師範學校三年級的學生。他讀的是普通科，不是美術科。為什麼？他考師範時，沒有一個人告訴他應該讀哪一科。他只知道，讀師範，將來可以當老師。這是他以前完全沒有想到的。

還在日本時代，學生喜歡將教員說成臭丸。因為音接近。臭丸就是樟腦丸，日本人叫它腦達零，也可以讀成腦不足。這種稱呼，多少有不尊重的涵義。

在初中的那一階段，戰爭剛結束，學校的教學也沒有上軌道，老師經常掉換，有時，舊的老師走了，新的老師還沒來，學生就自修。在初中三年半期間，他沒有上過一堂美術課，在學校也沒有畫過一張畫。不過，他自己也畫了一些畫，以風景的寫生為主。

那時，在初中的時候，洪老師就請他幫忙過。

在國校六年級的時候，石世文讀受驗組（升學班），洪老師是級任。有一次圖畫課，洪老師叫大家出去寫生，下課鐘響了，大家都回到教室，洪老師看看畫，叫大家再出去畫。現在，上課鐘響了，大家繼續畫，說是老師說的。結果，洪老師叫人把大家叫回來，叫每一個人拿出畫來，第一個，只畫了一張樹葉，洪老師用竹枝敲一下他的頭。以後，看一張敲一個，洪老師看著他的畫，點一下頭。男生，只有他沒有被敲。

在學校，洪老師是以打人出名的。日本老師也有很凶的，洪老師比他們的大部分更凶。每一年，舉行畢業典禮之後，他會挑一個他看不順眼的畢業生來痛打。

洪老師挑的，都是比較出鋒頭的。洪老師好像要他們不要忘記他，不要忘記學校。他只打一個人，卻好像在警告所有的學生。

畢業典禮剛結束，石世文剛走出大禮堂，洪老師就叫住他。他看到洪老師的臉，完全沒有表情。洪老師每次打人，就是那種表情，洪老師要打他嗎？為什麼是他呢？可是洪老師一直看著他，沒有動手。

他還記得，一個多月之前，洪老師帶隊出去遠足，叫他坐在身邊，給他看弁當，是白飯加梅子的日の丸弁當，剔了將近半顆的梅干給他。

「過來。」

就在那時，王成章走過來看究竟，被洪老師叫住了。

洪老師開始打王成章，用兩個手掌，左右開弓，打了王成章的雙頰，都紅腫了，像麵龜，王成章不敢叫，眼淚一直滴下來。

「知道嗎？」

洪老師問王成章。

「知道了。」

「知道什麼？」

「謝謝老師。」

王成章好像不知道。以前，被打過的，好像沒有一個人知道理由。

被打是很沒有面子的事。很多同學都遠遠的看著。有些老師經過，都匆匆的走開。別的老師打人，就是打本班的同學，洪老師也是這樣的。

那天傍晚，王成章的母親帶王成章來石世文家，說是石世文害他被打。

「你在跟老師說話。」

「沒有呀，我以為老師要打我，很害怕。」

從此以後，王成章在街上碰到他，也不再理他。

日本時代，老師可以打人。戰後，聽說一兩年，洪老師還是會打人的。後來，他做了校長，就不再打人了。

戰後，舊莊改為舊鎮，鎮上也在日本人的小學校設了初中。課外，他去初中打球較多。他不去國校，其中一個原因，就是怕碰到洪老師。有時，球伴相約，他也會在五點多，大部分老師下班以後。

有一次，很晚了，已六點半了，洪老師，現在已是洪校長，到球場找他，要他去幫忙畫看板。洪老師滿面笑容，不過，石世文感覺得出眉宇間有一種嚴厲的氣息。

他國校畢業那天，洪老師為什麼叫他，現在想起來，會不會已經想到將來要他幫忙的事？那是不可能的。那時，還在戰爭，沒有一個人知道將來。也許，洪老師已看出來，他會畫畫，洪老師本人也喜歡畫畫，想給他一些鼓勵的話。也許，他本來想打他，突然看到另外一個更想打的人。

他去幫洪校長畫看板，都是在禮拜六下午。有時是禮拜天。因為他讀師範，是住校生，禮拜六下午才回家。

他畫的，是比較難的部分，就是畫輪廓的部分。如果有時間，他也會塗顏料，不然就叫兩個學徒去塗。

石世文在作畫的時候，也會有學生或老師去旁觀。人並不多，不過總是有一兩個。

除了看板以外，洪校長也會替人畫肖像，大多是喪事用的遺像，是看著相片畫的，有些相片已發黃，有的有皺紋，甚至已破損。肖像的部分，較多是石世文畫的。

篤、篤、篤。

石世文聽到走廊上有腳步聲。他知道那是呂秀好。呂秀好已來看過他幾次了。她喜歡穿中高度鞋跟的皮鞋。在靜謐的下午，皮鞋的聲音格外響亮。

「你畫得比校長好。」

呂秀好已說過幾次了。現在，她是純粹的事務員。因為她只有初中畢業，不能做代課教員了。她常常說，她的國語比那些老教員好多了，卻因為學歷的關係，無法教書。

「你不用畫得那麼像。」

呂秀好說。

洪校長也說過同樣的話。畫肖像是計件計酬的。客人的要求並不那麼高。大部分是看著相片畫的遺像，比照相館用比例尺描繪出來的，要好多了。

洪校長為什麼說這種話呢？

也許，洪老師真的怕他畫得比他好。洪老師知道他要考師範，並沒有叫他去考美術科。洪老師本人也是師範普通科畢業的。

「真的，你畫得比校長好，好多了。畢業以後，你也可以開一家看板店。」

「不行，不行。」

「為什麼？」

「我喜歡教書，單純的教書。」

「畫畫和教書，並不衝突。」

石世文知道，呂秀好也很想當老師。但是，她沒有再升學。主要是因為她父母雙亡，她舅父阿財伯，也不鼓勵她升學。

實際上，她的程度很高，尤其是語言方面。雖然，他多讀了兩年多的書，在古文，甚至現代文，都還不及她。

「可是……」

石世文想，要畫畫，並不是畫電影看板，或遺像。但是，他不知道如何表達。

「想做的，就要做，不要畏畏縮縮。」

呂秀好一直站在旁邊，看他畫好。

「你跟我回去。」

「什麼？」

「你跟我回去。」

「回去哪裡？」

「我住的地方。」

「做什麼？」

「我有話跟你說。」

呂秀好搬出她阿舅的家，在學校附近，在圳溝邊，租了一間房間，一個人住在那裡。那是有六張榻榻米大的日式房間。

「你坐下來。」

她自己也坐在榻榻米上，兩個人相對著。

「你幫我穿耳洞。」

呂秀好拿給他一支針。不，那不是針，不是縫衣服的針，而是鑽洞用的小鑽子。以前，呂秀好曾經叫他幫她抹藥。

石世文拿著小鑽子，手在微微發抖。

她的眼睛一直盯著他。她的眼睛睜得很大，有點像懇求，也有一些像催促，也有一點像輕蔑，也有一點像譴責。

「你把手放在我的肩膀上。」

石世文照她的話做。

「抓穩。」

石世文照做。

「不要靜靜的擱著，揉一下。」

石世文不敢用力。

「還發抖？」

「一點點。」

「你看著我的耳朵。」

她的耳朵上還有傷痕。

「穿哪裡？」

「找個舊洞穿過去就行了。」

「可是，舊洞已填滿了。」

「穿個新洞也可以。」

「要消毒嗎？」

「好。」

石世文點了火柴，把鑽子燒了一下，而後穿入她的耳垂。

「哎。」

呂秀好輕叫一聲。

「很痛嗎？」

「是肉呀，當然會痛。穿過去。」

「流血了。」

「流血了？」

「我來幫妳點藥。」

「它自己會止的。你知道，血有自己凝固的能力。它自己會止的。」

「已六點半了，沒有其他的事……。」

「你畫過人體嗎？」

「很少。」

「我把衣服脫掉，你畫我嗎？」

「我，我沒有畫過。」

「你可以畫我。」

「不行，不行。」

「為什麼？」

「沒有其他的事……」

「世文，你還記得那個晚上？」

「哪個晚上？」

「美國飛機在沙灘上丟砲彈那個晚上。」

「記得。」

「你都沒有說出去？」

「沒有？」

「不敢說？」

「沒有說。」

「妳叫我不要說。」

「你長毛了？」

「什麼？」

「你還記得那個美國兵？從飛機掉下來的那個？」

「記得。」

「你有沒有看到他下面？」

「……」

「沒有長毛對不對？」

「沒有。」

「沒有長毛，也可以打仗呀，也可以戰死呀。」

「我真的應該回去了。」

「好吧。」

回去的路上，石世文一直想著一件事。

有人說，呂秀好和福建來的毛警官發生過關係。

有人說，呂秀好和他同居過。

有人說，呂秀好本來要和他結婚，因為他在福建還有妻子，只是一個人來台灣。

戰爭結束不久，有很多人自大陸來，毛警官是最早來的一批。他很熱心，在警察局教國語。

很多人去學，包括警察局的職員，也有街上的人。呂秀好也去，也曾經邀石世文去。

起來，不願做奴隸的人們。
把我們的血肉築成新的長城。
……

以前的郡役所，已變成警察局，就在石世文家對面，每天晚上都可以聽到嘹亮的歌聲。唱歌是最好的學習方法。

那時，很多人不知道這是共產黨的歌。那時，國民黨和共產黨還沒有真正打起來。

後來，毛警官不見了。有人說是回大陸了。有人說，被國民黨抓起來槍斃了。反正，他就是不見了。那時候，很多人，就這樣不見了。

聽說，呂秀好到處打聽，到處找人。

有人說，呂秀好懷孕了，也有人說她快發瘋了。

再過半個月，呂秀好訂婚了，對象是在國民學校教書的管老師。管老師大她十四歲。有人說不止，因為大陸的戶政很亂，有些人，為了逃兵役，或為了就業，亂報戶口。

石世文曾經和管老師一起打過籃球。他人很老實，不過每次打球，很快就累了。

管老師有一個特點，就是講一口標準北京話，尤其是捲舌頭的音，轉得那麼自然，那麼圓滑，那麼優美，那麼悅耳，聽起來，像風鈴在響。

「管老師結婚過了？在大陸是否有妻子？」

她的舅父阿財伯是反對的，一是外省人，年齡相差太大，而且很多外省人，在大陸有妻子。

「誰管他。他說沒有，就沒有。」

呂秀好和管老師結婚了。

告貸

世文，我不知道怎麼開口，你可以借給我一點錢？

兩千，三千，可以嗎？

我知道你已結婚了。

你太太，小時候叫阿子，就是林里美，對不對？

她娘家就在你隔壁。我阿舅也在你家另一邊的隔壁。我和你認識較早，那時候，她還是一個很小的女孩。

應該這樣說，我是從台北疏開到舊鎮，她是在舊鎮出生的，在疏開到舊鎮之前，我就來過舊鎮看阿舅他們，就看過你，也看過她。我很早就知道她。

我離開阿舅家之後，在街上，在車內，都有碰過她。

她在銀行上班，對不對，銀行是金飯碗。

她人很不錯。我們不熟，不過碰到的時候，她會微微一大笑，像是打招呼。我不喜歡她們一家人。她很特別，是例外。我想，你選對了人。

你們有小孩了，對不對？我看過，好像有兩個，或者三個，都很可愛。

銀行員都很會計算。聽說，她算盤打得很好，是一級，還是一段。

你的薪水要交給她嗎？也許，我說得太直接了。

呃，她管帳。她不管錢？管帳不就管錢？每一個錢都在帳裡面。是不是這樣？

呃，你有一點錢，她留給你的，就是私房錢吧？一般，私房錢都是女人的，男人也可以有私房錢了。

對不起，我沒有別的意思。

呃，你還在畫畫。那一點錢是留給你買顏料、買畫布、買畫具用的。買那一些東西，要很多錢嗎？會有剩餘嗎？

你現在已不幫洪校長畫看板了？就少一點額外的收入了？

我知道，你很會畫。你太太了解你的畫？

能了解最好，不能了解也沒有關係。藝術不是那麼容易了解的，也不是每一個藝術家都需要別人了解的，對不對？

你的畫，有沒有賣錢？我知道那不是容易的事。
你有一部分錢，可以自己支配的，對不對？
這樣子，你可以借給我一點錢？兩千元好不好？
你可以支配的錢，有那麼多嗎？
這樣好了，你可以借給我五千元？
我實在太貪心了。如果不會影響你們的家庭生活，不會影響你們夫妻的感情的話，或者，如果不影響你的畫畫，我真希望你能借給我五千元。
好嗎？
我會還你。不是明天，不是下個月，有一天，我一定會還你。
我一定會還你的。
都是賭博害我的。我輸太多了，我想贏回來，我又輸了。輸得更多。有時，我也會想戒掉。
有時，我也感覺他們詐賭。每次，我賭小錢，都贏。賭大，就輸。
賭和酒是戒不了的。有人把手指剁掉，包紮起來，再去賭。
你看我的手指。又白又嫩。我是不會剁手指的。以前我穿耳洞，你曾經幫我點藥。後來，又幫我穿洞。你看，現在還有痕跡。
我有一個契母，就是公醫娘，你知道她吧。是她教我賭。其實，賭是不用教的，是天生的。人是天生會賭，會入迷。我是沉淪下去了。

你還記得吧，我的父母和一個弟弟，一顆炸彈，把他們全都炸死了。我阿妗，還有在台北的阿嬸，都不疼我。我想找一個可以疼我的人，把她當作親人。

契母人很好，很單純。先生娘，有錢，卻沒有事做。她的確疼我，我不怪她。

我先生，大家都叫他管老師，你認識的。我自己，有時也稱他管老師，我是尊敬他的。

他喜歡說自己是讀書人，也喜歡人家看他是讀書人。他還強迫學生讀經、讀古詩。他對我們自己的小孩，也這樣要求。不但要讀，還要背。這一點，我是從他學習很多的。當初，這也是他迷住了我的原因之一。

他說在中國，讀書人和做官是連在一起的。不做官，什麼都不是。你有一個海洋那麼多的學問，不做官，有什麼用？

不過，他就是不做官。他喜歡當老師。

他最喜歡寫字。寫各種體的字。偶爾，也會有人來求字。他不收錢，一個錢也不收。

有人勸他開書法展，他不肯。我不了解，他是謙虛，還是沒有自信。因為我對書法完全不了解。

他也寫春聯，送給親友和鄰居。也是只送不賣。學校裡，有另外一位老師，每年都要寫春聯，拿到市場去賣，還賣得不錯。我告訴他，他只說一句，妳不懂。

他寫春聯，句子都用別人的。有時候，他也想用自己的句子，都不滿意。

他也喜歡做燈謎，每年上元節，他會做幾題，拿去廟口鬥鬧熱。他不會台語，不准學生說台語，我在家裡說台語，他就大聲說聽不懂。很奇怪，他卻會做台語的謎題。

這些，都是他的優點。開始認識他，我還認為他是天才。很多方面，他的確很有才氣。

有一次，有一個朋友從香港帶回一個硯台，說是大陸的產品，很精緻，要賣給他，還加送一塊墨。

他的朋友說出價碼。那麼貴，我在旁邊插了一句。妳出去，他說。朋友走了之後，他對我說，以後，有關筆墨書法的事，不准妳說話，妳連替我磨墨的資格都沒有。

這是一個轉點。

另一方面，從外表看，他一點也不特別。那麼瘦，又那麼黑。老實說，我認識他的時候，他就差不多這樣。我慢慢的發現，他的品味並不那麼高。和他在一起，你會聞到一些味道。汗臭味、尿騷味。你會覺得，我缺口德。真的，我真的聞到那種味道。

我們年齡相差太大了。說坦白一點，他是無法滿足我，你聽說過吧，我像賺食查某，輸了錢，就拿身體去還賭債。太不像話了，你是看不起我嗎？

我先生知道，非常生氣，拿了刀子要殺我。我並不怕死。後來，他只打了我一個嘴巴。他打得很重，我倒在床上，眼睛冒著金星，耳朵也嗚響不停。我完全沒有抵抗。

我心裡想，他如有勇氣，為什麼不去殺那個人。不要只會打女人。

等他平靜下來，我向他道歉。我說，如果他強一點，我會乖得像一隻母羊。甚至，我也可以當一隻小白兔。

他哭了。

我說，我們離婚。他不肯。他繼續在學校上課，不過較少到鎮上走動。他總是低著頭走路。學生好像也不像從前那麼怕他了。

我們約定，他的薪水用來養家。我不會花他的錢。既然不離婚，我還是他的妻子。妻子有妻子的義務。我聽說過一種算法，以年齡乘九。三九、二十七，三十歲的人，二十天做七次。四九、三十六，四十歲的人，三十天做六次，五九、四十五……我希望他能做到自己的本分，他做不到。不過，我還是尊敬他，我答應他，和他行房前兩天，我不會跟任何人做，有點像求雨，要先齋戒幾天。

我是一個壞女人，一個爛女人，對不對？

你還是會借錢給我吧。借我五千元，好不好？真的，我會還給你。我會設法還給你。

世文，你還記得戰時，美國飛機在沙灘上丟炸彈那一件事？在防空壕裡面，只有我們兩個人。我拉你的手，壓住我的胸部，外表上，這是加強發誓的方式。你好像沒有什麼感覺。那會是真的？我自己也不了解，為什麼突然有那種動作。如果你當時有點動作，用手捏一下。當你的手碰到我的胸部，我的心臟跳得很厲害。可是，你什麼都沒有做，我有一種被拒絕的感覺。我反過來怪你，認為你實在太膽小了。你是弱虫，我這樣想。

那時，我剛好失去了所有的家人，戰爭又對日本不利。我望著台北的方向，想著家人，忽然一陣爆炸聲，那麼近，還有火光，那陣強風。我嚇壞了。好像炸彈就炸到了我。你知道，我對炸彈有多害怕？

我抱住你，連小便都洩出來了。多麼丟臉。我需要有人幫助我。我知道，你有在關心我，你注意我，你怕我自殺。我覺得出來，當時只有你有這一種感覺，你知道嗎？我不止一次想自殺。只有你有感覺。

我們是同年，女孩子比較早熟。我的膽子也大一點。實際上，那時候，我害怕更多。

你怕我嗎？我也一直有這一種感覺。你好像也被我的行動嚇住了。

那時，你只要有動作，捏一下我的乳房，你就是我的第一個男人，我們的關係或許會不同。可是你沒有。我以為是你不敢。這樣一個男孩子，在我看來，是弱虫。當時是戰時，那麼多人，連生命都可以不要了，勇敢才是最重要的美德。而你呢？

我知道，我們兩人的想法和做法是有差異的。

現在，你已結婚，也有孩子了。你們的婚姻很不錯吧。

我知道，你會看不起我。

如果，你覺得當時錯過，現在想補回來，我的胸部在這裡，乳房也在這裡。雖然有別人碰過它，你卻是第一個。它比以前更成熟，也許過度成熟，像快要爛掉的水果。

沒有。它沒有爛掉。

我說過，我和丈夫行房之前，我要做一些類似齋戒的儀式。我來找你之前，已把全身洗乾淨，像要上廟進香。有人說，日本人有禮無體，中國人有體無禮，我是有體有禮。

你還要它嗎？你不想再摸它一下？你連摸都不想摸？

你已結婚，沒有道理怕女人。也許是你的本性，也許你真的不想。也許，你看不起我，你認為就是要，也不要我這種女人。對不對？

我說話說太多了。

你可以借我五千元嗎？

我借錢，我會還。不管你對我做什麼事，我都會還。我一定會還。

對不起，我哭了。

你看不起我，我也不會有怨言。

真的，我一定會還，我一定會還。

DIY

石世文走進臥房，房間裡，只開著小几上的小燈。林里美已躺在床上，側臥，身體微曲，臉部朝向床的外側。

石世文輕輕拉起棉被，整個人塞了進去。

天氣很冷，里美身體動了一下，縮緊一點。

石世文把手擱在她的肩膀上，輕捏一下。她沒有動。

「睡著了？」

「……」

他知道她沒有睡。今天，她下班回來之後，就一直很少說話。

他的手，移到她的胸部，從睡衣上輕捏著。她的身體轉動一下，好像要避開。

他的手移到她的頸部，從衣領間伸進去。

「冷。」

「怎麼了？」

「累。」

她今天回來較早，應該沒有加班。

石世文將手放在她的肩膀，把她的身體輕輕扳過來。她閉著眼睛，眼眶是濕的。

「里美，怎麼了？」

林里美睜開眼睛看他，還是沒有說話。

「銀行裡發生了什麼事？」

有時，銀行裡也會有一些不愉快的事，有時她會告訴他，像調職或升遷，有人嫉妒她，說她只會奉承上司，就升得快。

有時，上司家裡有不愉快的事，或受上級機關的官員的氣，也會向她發洩。

「里美，有什麼事？不能告訴我嗎？」

他吻她。她也伸出舌頭回應他。

「里美，告訴我。」

「呂秀好去銀行找我。」

「呂秀好？她去銀行找妳？」

「對。」

「找妳做什麼？」

「借錢。」

「她向妳借錢？妳們那麼熟？」

「不熟。以前是鄰居，你知道。她年紀大一點，我們沒有一起過。她年紀和你差不多，對不對？」

「妳有借錢給她？」

「兩千元。她開口要借五千元。我說只能借給她兩千元，這已超過我一個月的薪水了。」

「已借給她就好了。」

「我不甘心。我很辛苦工作，她卻輕鬆花錢。」

「那為什麼還借給她？」

「我看她很急，好像要求救，我不知道怎麼拒絕。」

「借給她就好了。」

「你有借給她？」

「有。」

「多少？」

「五千元。」

「什麼？五千元？」

「嗯。」

「她開口五千元，你就借給她五千元？」

「嗯。」

「你好大方。什麼時候的事？」

「大概有一年了。」

「你都沒有說。你瞞了我。」

「我不知道怎麼說。我怕引起不愉快。」

「我會不愉快，一定會。不過，我也借給她了。你如告訴我，這一次，我就有理由不借給她了。我就是不了解，你為什麼借那麼多的錢給她。」

「我想到她的阿舅阿財伯，他是很好的人。我也想到她的阿妗。她是被她阿妗逼出門的。很可憐……」

「聽說，借錢給她，可以和她睡覺。你有嗎？」

「有什麼？」

「和她睡覺。」

「我沒有。」

「你有想嗎？她的皮膚又白，又豐滿，你有想嗎？」

「我沒有。」

「我有印象，以前，你和她很要好。」

「以前，我和她是鄰居。我和妳也是鄰居呀。」

「小時候，我看過你們在一起，經常在一起。」

「在什麼地方？」

「公會堂。」

「戰時，我們兩家，是共用一個防空壕，有時會在一起，像逃空襲。」

「沒有其他的？」

「沒有。」

「真的？」

「真的。」

「你的機會很不錯，為什麼沒有進一步的交往？」

「想法不同。」

「怎麼不同？」

「她追求高品位。」

「高品位？她追求高品位？什麼是高品位？」

「譬如，在日本時代，她要講日本話，好的日本話，高雅的日本話，講得像高雅的日本人。在中國時代，她要講好的中國話，講標準的北京話，還要加入一些古文、古詩句。她學得很快。」

「那你呢？」

「我跟不上她。」

「我呢？」

「妳很會打算盤，我也跟不上妳。」

「你不要轉來轉去。」

「妳比我好。」

「我幾乎不懂日語。我講話，也不引經據典。」

「妳很實在。」

「她那麼愛高品位，為什麼會變成這樣？一點品位都沒有了。可以說，墮落到這種地步了。」

石世文有聽說過，呂秀好也曾經向他表示過，她的婚姻生活並不美滿。年齡相差太大，生活習慣也不同。他吃狗肉，她決不碰。他們二人很多想法不同。她的丈夫主張，女人就要乖乖待在家裡。她說，她也要上班呀。他說，他可以養她。

石世文見過她先生，還一起打過球，人瘦瘦的、黑黑乾乾的，還有一點駝背。以前就有駝背，越來越明顯。

他的外貌雖然很平凡，卻很有內容。他寫得一手好字。很多外省人都很會寫字，聽說他造詣很深，已成為一家。這一點，石世文不懂。他感覺，寫字和畫畫，是有不同的。不過他很喜歡聽他說話，聲音好，像唱歌，咬字清楚，舌頭轉得很滑溜。呂秀好也表示過同樣的看法。

呂秀好開始打四色牌，後來才打麻將。她輸錢，先輸自己的錢，再輸丈夫的錢。丈夫把錢管住了，她就欠，就借。有人要求，她也和人上床了。

「她先生不管她嗎？」

「管不了。」

「你真的只借錢給她？」

「對。」

「沒有做其他的事？」

「沒有。」

石世文捏著她的肩膀。

「等一下。」

林里美把石世文推開，坐起來，眼睛看著他。

「什麼事？」

石世文也坐起來。

「不要碰我。」

「為什麼？」

「真的沒有嗎？」

「真的沒有。」

「她沒有引誘你？」

「沒有。」

「奇怪。」

「……」

「你只借給他一次？」

「對。只有一次。」

「五千元？」

「對。」

「真的只有一次？」

「只有一次。」

「她有沒有說什麼時候還給你？」

「她說會還給我。」

「以後就沒有再說要還你了？」

「沒有。」

「如果，她要和你上床，你會嗎？」

「不會。」

「真的不會？」

「不會。」

「那你就白白送給她五千元了？」

「……」

「唉，錢是要不回來了，五千元加兩千元。」

林里美嘆了一口氣。

「對不起。」

「那麼多錢。」

「會影響到我們的生活？」

「目前是不會。不過……如果是我，我會和她上床。」

「為什麼？」

「我要撈本。」

「我們可以不想她嗎？」

石世文雙手捧著林里美的臉，吻她。

「我很不甘心。」

開始，林里美把臉移開，但一下就轉回來，再伸出舌頭，輕輕回應他。

他開始脫她的衣服。

「今天晚上不要做。」

「為什麼？」

「沒有心情……也太冷了。」

他把手伸到衣服裡面，摸她。

「不要脫衣服。」

「褲子呢？」

「也不要脫，我很累，你自己弄吧。」

她說，躺了下去。

日の丸弁當

「世文，很高興來看我。」

呂秀好躺在病床上，看著他，聲音微弱。

病房裡，只有她一個人。她，臉頰已略微陷下去了，眼眶黑黑，頭髮掉了不少，稀疏、散亂，額頭的皺紋加深了。她微張著嘴，嘴唇往上翹，成山形。

「坐。」

石世文拉一下椅子，靠近床邊坐下。這是他第三次來醫院找她。他來了三次，都沒有碰到家人陪著她。

「我很臭。」

石世文有聞到，不過沒有回答她。

第一次，大概在半個月前，他來看她。她告訴他，壞事做太多，那地方爛掉了。現在，她的聲音比較微弱，話也短了。

「那只是一種病。」

「我是想見你。」

呂秀好伸手，拉了他的手。她的手細瘦，有點涼，手腕上有幾處瘀青，是針孔的痕跡，還插著管子。她的手，沒有力氣。

「很久了。」

她是指相識到現在。

「嗯，二十多年了。」

「很快。」

看來，她好像很想說話。

「我可以替妳做什麼？」

以前兩次，他也問過，不過她沒有要求。

「我想，想吃日の丸弁當。」

在戰時，石世文也吃過日の丸弁當。在飯盒裡，在白飯的中央放著一個梅干，看來像日本的國旗，日の丸。那時，米糧缺少，要吃白飯並不簡單，所以重點不在梅干，是在白飯。白飯、梅干，還有幾顆黑麻，實在很相配。

石世文立刻出去，找了幾家餐廳，白飯都有，卻找不到梅干。他再去雜貨店找，終於找到了一瓶梅干，放了一個在飯盒中央。

「秀好，看。」

「呃。」

她看了他一眼，眨眨眼睛，擠出一顆淚水。

「吃一點。」

石世文用筷子剔了一點梅干，挾住幾顆白米，又挾到她嘴邊。

「吃，不下。」

她伸出舌頭，舔了一下。

「想念它？」

「嗯。我，吃不下。」

「很累，休息一下。」

「世文，我叫你什麼？」

「壞巴。」

「還有？」

「弱虫。」

「還有？」

「梅干次郎。」

第二次，他來看她，她還有一點力氣，話也多一點。

她告訴他，在戰時，她最崇拜的是神風特攻隊。他說他也一樣。

「如果被選上特攻隊，你會怎樣？」

「我不大清楚，也許會哭。」

「弱虫，你很老實。」

「妳休息一下。」

「我太自負。」

呂秀好停了一下，好像在調整呼吸。

「我沒有真正了解……」

「妳太累了。」

「我累，有些話，我要說。」

呂秀好又調整了一下呼吸。

「特攻隊不是真正英雄。」

「我知道，很多人是被逼的。」

「會哭，才是真實的。」

石世文怕她越說越複雜，也越說越累，就站了起來。

「你要走了？」

「我會再來看妳。」

呂秀好和他同年，很久以來，他感覺，她比他優秀很多。她說日語，像日本人，現在還是那麼流利。

「梅干次郎。」

「什麼事？」

「我喜歡梅干。」

可是，她只舔了一下。

「還想吃什麼？」

「還畫畫？」

「畫一點。」

「畫我。」

「畫什麼？」

「畫我。」

「現在？」

「嗯。」

她輕輕的點頭，聲音也小。

石世文想起了一張畫「卡蜜兒・莫內之死」，是莫內畫他太太臨終的容貌。

他又想起另外的一張畫，是哥雅的自畫像。哥雅在七十多歲時生了一場大病，醫生醫好他。他很感激，畫了自己，也把醫生畫進去。他自己是一副疲憊的樣子，醫生拿一個玻璃杯，要他喝水，或吃藥。後面有幾個黑影，有人說是僕人或朋友，石世文感覺那是死的象徵。

應該畫哪一種？

莫內太太是死了，哥雅卻是重生。

哥雅為什麼畫這一張畫？生命是一種過程，病是一個段落，死是終結。死是別人畫的。畫家無法畫自己的臨終。

現在，呂秀好要他畫她，畫她病重的樣子。重病也有機會活下去，死的卻不能再活過來。

呂秀好是不是已預期到死？哥雅畫了那一張畫之後，又活了八年，到八十二歲。呂秀好，如果現在死去，只活四十歲，一定有很多不甘心。不過，石世文看過更小的死，一個小女孩的死，阿子的死，阿子是里美的姊姊，只活了幾歲。

石世文替人畫過畫像，以前都畫遺像。現在，因為他還沒有那麼有名，只畫一些認識的人。可以說，只畫一些小人物。

「畫我，畫……」

呂秀好有央求的意味。

「我出去買紙筆。」

「畫、我、喔……」

她似乎還不放心，也不肯放手。

「妳放手，我馬上回來。」

石世文回來，呂秀好已睡著了。

他先畫她的睡姿，再畫一張睜開眼的樣子，就是剛才醒著的樣子，不過把眼睛畫大一點。

呂秀好慢慢睜開眼睛，看了他，好像一時反應不過來。

「你……」

「我是世文，我在畫妳。」

「畫，畫我……」

「對。」

「畫，畫我……」

「對。」

「給，給我看。」

石世文拿了第一張給她看。

「死了……」

「不，睡著了。」

石世文拿了第二張。

「醜。百步蛇……」

她是指自己的嘴唇，露出一點無力的笑。

石世文是有這種感覺，呂秀好似乎也有同樣的想法。在平地，一般人都怕百步蛇。不過，有些原住民，卻崇拜牠，把牠做成圖騰。

「我把嘴唇畫低一點。」

「那，不像……」

「這樣，滿意嗎？」

石世文再加了幾筆。

「好，謝……」

「那我回去了。」

「再，再來，嗎？」

「我會。」

石世文把畫留在床邊。

「我死，會用這一張……」

要做她的遺像嗎？

「很臭……」

「……」

「摸我……」

石世文摸了摸她的臉，摸了她的頭。

「這……」

她用下巴指著，放在胸部的手動了一下。

他把手放在她的手上。

「弱，虫……」

石世文伸手進去，摸到了她的胸部。

「乾淨，高興……」

她的眼眶已紅了，淚水也擠出來了。

「簽……」

她要他簽名。

簽什麼名字？他簽了「梅干次郎」，指給她看。

她笑了一下，那麼無力。

過了四天，呂秀好死在醫院裡。依照習慣，一般人都要運回家裡讓她斷氣，她卻死在醫院裡，並在那裡焚化。

告別式，參加的人很少。石世文沒有被邀請，不過他有去靈堂看了一下。

靈堂上掛的，不是他畫的畫，是一張用一般相片放大的肖像。

後記

新春初三，我去三哥的大女兒家，會見三嫂。二女兒也去了。她對我說：

「當時，如果做囮叔仔的女兒，可能有機會讀大學。」

三哥有三個女兒，當時還在作田，三個都只讀完國小，就去工廠做女工了。

她長得小巧，我喜歡她，每次回鄉下，就說要她做女兒。她就笑著躲起來。

聽了她的話，就想到了自己，我是舅父收養的。其實，在我之前舅父本要收養三哥，也把他帶回家，只是他已經懂事了，不習慣，自己跑回家。

因為生母是養父的姊姊，兩邊往來還密切，也沒有人阻止我回本家。我知道，有些人被收養，是不准去認親的，有的還由養家報出生。

因為兩邊可以往來，我就有兩個童年。

我有四個哥哥，我都寫過，用不同的方式寫過。

收在這本《青椒苗》的，從不少場面，可以看到他們的身影。

〈屋頂上的菜園〉以三哥為主，大哥和四哥都有現身。

〈青椒苗〉主要是寫四哥。青椒苗被竊，是事實。我了解當時四哥的心境，就是台語說的

「掐破心肝」。四嫂和兩個養子女，都有其人。

〈貓藥〉寫的是殺貓做藥的故事。這件事，本來是發生在我生母身上。當時，她是癌末。我卻把它寫在生父身上。

生父大我四十六歲，我懂事的時候，他已經很老了。之前，他的工作是去金瓜石當礦工。我回去，也不一定碰得到他。

那時，家事，包括農事，是由生母掌管，生母先過世，之後由大哥當家。生父退休之後，只管看牛的工作。

殺貓的那個人，是生父母的養女。我知道，當時父母家有兩個養女，依照習慣，養女是要配給兒子做媳婦的。二哥大我十八歲，和她們比，只能算是小弟，所以，唯一可能匹配的男人是大哥。我到現在還一直有一個疑問，為什麼大哥娶的是大嫂，而不是另外那個養女。

殺貓的場面我有在場。這位姊姊，一邊殺貓，一邊抱怨。為什麼親生的女兒不做，為什麼媳婦不做。大哥是不是挑了一個百依百順的，而捨去另外一個敢說敢做的女人？這位姊姊嫁出去，也生了幾個子女，都非常優秀。

現在，四個哥哥都已過世了。實際上，我還有兩個姊姊，也都已過世，大姊最長壽，去年以九十七歲高齡往生。

寫到這裡，又想到姪女的話。如果沒有給舅父收養，我會有怎麼樣的一生呢？

我常常這樣想，很可能走四哥的路。

大哥很會管事，也愛指揮，二哥和三哥不大聽從，四哥卻很尊敬大哥，也很聽話。這一點，我很像四哥。

比如，在分田地的時候，他們將田地分成四段，從住家附近開始，也就是以通往外界的後壁溝為準，依序分給大哥、二哥、三哥，所以四哥分到的是靠近墓仔埔的埔尾。他沒有計較，如果是我，我也不會計較。

大哥知道的事情多，看法也多。我回到埔仔，會跟著大哥問東問西。四哥話不多。中午他在竹叢下休息，會幫我擠痘。農人的指甲是「鐵甲指」，擠痘痘很痛，我眼油直流，擠完卻很舒服。

以前，我的哥哥他們耕田的地方，因為開了一條三十公尺的大馬路，已變成市區了。他們不再耕田了。他們的子女，有了可以計坪出售的土地之後，有的因為沒有學到謀生的技能，只能閒待在家裡，喝茶看電視，有時也跟團出國走一走。

改變實在太大了。不過，那些人，是我的親人，那個地方，我住過，留下許多寶貴的經驗。這些作品，採用小說的形式，會有虛構的部分，因為虛構是小說的基本，不過感情是真的。有人說，虛構並非事實。其實，虛構是超越事實，是在追索真實。

本書這些作品，也都是《鄭清文短篇小說》出版以後寫成的。這些作品以外，我還寫了一些小說和童話。童話已出版，小說還有一部分沒有寫完，希望能繼續寫，寫得更完整，更充實。

這本書的出版，小女兒谷苑用心用力，才能順利在九月和讀者見面。

鄭清文

二〇一二年八月十六日

發表紀錄

屋頂上的菜園	一九九九年四月	聯合文學・一七四期
土石流	一九九九年七月十五至二十日 ・選入《八十八年小說選》，彭小妍主編，九歌出版 ・林麗君英譯選入Contemporary Taiwanese Literature and Art, Short Stories, Taipei Chinese PEN Center, 2011。	中國時報
中正紀念堂命案	二〇〇〇年四月十四至十九日	聯合報
貓藥	二〇〇〇年五月 ・選入《八十九年小說選》，陳義芝主編，九歌出版	聯合文學・一八七期
收集者	二〇〇四年九月	聯合文學・二三九期
狼年記事	二〇〇四年十月	文學台灣・五二期
大和撫子	二〇〇五年九月	聯合文學・二五一期
	二〇〇六年二月	聯合文學・二五六期
青椒苗	二〇〇七年九月	新地文學・一卷一期

麥田文學 260

青椒苗

鄭清文短篇小說選3

作　　者　鄭清文
責任編輯　賴雯琪　林秀梅

副總編輯　林秀梅
編輯總監　劉麗真
總 經 理　陳逸瑛
發 行 人　涂玉雲

出　　版　麥田出版
城邦文化事業股份有限公司
104台北市中山區民生東路二段141號5樓
電話：（886）2-2500-7696　傳真：（886）2-2500-1966、2500-1967
發　　行　英屬蓋曼群島商家庭傳媒股份有限公司城邦分公司
104台北市中山區民生東路二段141號2樓
書虫客服服務專線：(886)2-2500-7718；2500-7719
24小時傳真服務：(886)2-2500-1990；2500-1991
服務時間：週一至週五09:30-12:00；13:30-17:00
郵撥帳號：19863813　戶名：書虫股份有限公司
讀者服務信箱E-mail：service@readingclub.com.tw
歡迎光臨城邦讀書花園　網址：www.cite.com.tw
麥田部落格：http://blog.pixnet.net/ryefield

香港發行所　城邦（香港）出版集團有限公司
香港灣仔駱克道193號東超商業中心1樓
電話：(852)2508-6231　傳真：(852)2578-9337
E-mail：hkcite@biznetvigator.com

馬新發行所　城邦(馬新)出版集團【Cite(M)Sdn. Bhd.(458372U)】
11, Jalan 30D/146, Desa Tasik,
Sungai Besi, 57000 Kuala Lumpur, Malaysia.
電話：(603)90578822　傳真：(603)90576622
email:cite@cite.com.my

封面設計　小子設計
印　　刷　前進彩藝有限公司

初版一刷　2012年9月1日
初版二刷　2013年5月20日

定價／350元
ISBN：978-986-173-809-3

國家圖書館出版品預行編目資料

青椒苗 : 鄭清文短篇小說選. 3 / 鄭清文著.-- 初版. -- 台北市 : 麥田出版 : 家庭傳媒城邦分公司發行, 2012.09
面； 公分. -- (麥田文學 ; 260)

ISBN 978-986-173-809-3(平裝)

857.63 101015605